最強アルファは家政夫の歌に酔いしれる

榛名 悠

illustration:
小禄

CONTENTS

最強アルファは家政夫の歌に酔いしれる

——あなたのバース性は、〈オメガ〉です。

その三文字を目にした瞬間、高雛晴輝は俄には信じられなかった。

足もとがガラガラと音を立てて崩れていく。頭の中が真っ白になって、しばらく動くことができなかった。あの時の衝撃を、晴輝はこれから先も忘れることはないだろう。

人生が百八十度変わってしまった運命の分岐点。

——オメガのくせにアルファと肩を並べて歩くなんて、おこがましいにもほどがある。好きものオメガが調子にのるなよ……っ！

信じていた相手の口から放たれた言葉は、密かに淡い想いを育てていた思春期の少年の胸を鋭く抉り、今もまだ晴輝の耳にしつこくこびりついている。

この世界の人間は、第一の性である男と女、そしてもう一つの性に縛られている。

第二の性——バース性と呼ばれるもので、アルファ、ベータ、オメガの三つがそれだ。

この国では満十歳を迎えると、血液検査を受けることが義務づけられている。いわゆるバース検査というもので、それによって、アルファ、ベータ、オメガ性のどの血を持つか判断され

ることになる。

アルファとオメガの判定が出た場合は、その時点で性別が確定される。だが、この二つの性は、思春期のホルモンが影響して正しい性別が出ないことがあるため、ベータと判断されることが稀にある。特に両親が共にアルファの場合、子にベータ判定が出ると、保留扱いになる。よって、最終確定される十八歳の誕生日までは、定期的に検査を受けることが推奨されていた。

現在の総人口の大半を占めるのはベータ性である。いわゆる一般層で、バース性の影響がほとんどないのがこの性の特徴である。

しかし、アルファとオメガは違う。特殊な性として認識される。

人口の二割弱ほどしかいない希少種アルファは、知力体力、容姿等、あらゆる面において優れた遺伝子を持つ人類の中のエリートだ。カリスマ性を持ち合わせ、政財界から、スポーツ界や芸能界、芸術家まで、成功者に名を連ねるのはアルファが多い。

そして、とりわけ数が少なく、総数は人口の一割にも満たないのが超希少種オメガである。出産に特化した性と呼ばれ、男女共に出産妊娠が可能。その生殖能力ゆえ、定期的に呼ばれる発情期（ヒート）が訪れては、強烈な性フェロモンを無自覚に放出し、アルファを惑わす。この特殊な体質が、彼らの日常生活を困難なものにしてきた。かつては、性的搾取の対象にされて、差別を受け、犯罪や事件に巻き込まれることも多かったが――時代は変わった。

現在は、国際法によってオメガの人権は保護されており、なんの心配もなく暮らせるようになった。

特に近年の医学の進歩は目覚ましく、抑制剤によってフェロモンのコントロールが可能になったことで、オメガの社会進出も右肩上がりに増えている。

とはいえ、オメガに対する差別意識が完全になくなったわけではない。同時に、世の中の多くの人々が生まれながらのエリート性・アルファへの憧れを持っている。

晴輝はその憧れの対象だった。

そうでなければならなかった。

なぜなら、晴輝はメンバー全員がアルファなのがウリの、人気男性アイドルグループ、『シックスクラウンズ』——通称、シスクラのメンバーなのだから。

自分がオメガだなんてありえない。

手もとに届いたバース検査の診断書を睨みつけて、晴輝は唇を噛み締めた。

だが、そう思う一方で、やっぱりそうだったかと、諦念に打ちひしがれる自分がいる。嘘つきの自分に神様が与えた罰なのだと思った。

ベータ性をアルファ性だと偽ってここまでやってきた。

ところが自分はそのベータですらなかった。

これまでは努力でなんとか必死にみんなに食らいついてきたが、この先はそうもいかなくなるだろう。オメガだとわかった以上、避けて通れないのが発情期だ。

思春期真っただ中の晴輝に、近々訪れるだろう体の変化。変わってしまう自分が恐ろしくてぞっとする。嫌だ、怖い――。

「はあ、はっ、はっ、はっ……っ」

たちまち呼吸が苦しくなって、晴輝は胸を掻き毟って喘いだ。

苦しい。誰か、助けて……っ！

押し寄せてくる暗い気持ちに頭からのみ込まれそうになって、晴輝はたまらずもがくようにスマートフォンをたぐり寄せた。半ば無意識に操作し、ポケットから取り出したイヤホンを急いで装着する。

すぐに耳に馴染んだ心地よい歌声が流れ出して、晴輝はすうっと息を吸い込んだ。その瞬間、目の前にまで迫っていた黒い魔物がふっと煙のように掻き消える。

……は、……らしく……、誰に恥じることもない……思う道を、胸を張って進め！　自分らしくあれ！

「……頑張れ……大丈夫だ」

自分に言い聞かせるように呟く。歌詞をなぞりながら、涙が溢れてきた。

「オメガだって、今はみんな普通に過ごしてる。アイドルでいられなくなったとしても、これからも自分らしく、やりたいように生きていけばいいんだから……大丈夫だ。負けるな、俺」

晴輝は膝を抱えて蹲り、しばらく自分の殻に閉じこもって泣いた。

1

二十五歳になった高雛晴輝は荒れていた。

ハウスキーパーの仕事を始めてから約三年。こんなにむしゃくしゃするのは初めてかもしれない。

静まり返った夜の公園で、苛々しながら缶ビールを呷る。飲まなきゃやってられない。

「プハーッ。……ったく、あの変態スケベアルファめ。ふざけんなよ！」

空になった缶を思い切り握り潰して、頭上を睨み上げた。

紺色の夜空にはぽっかりと口を開けたようなまるい月が暢気に浮かんでいる。

気分的には針のように細く尖った三日月なのに、こんな夜に限って綺麗な満月なのがまた腹立たしい。

ふらふらと遊歩道を横切り、柵にもたれかかりながら池を覗き込んだ。

凪いだ水面に自分の顔が映り込む。

今はアルコールのせいで瞼が腫れぼったいが、元はきりっとした黒目がちの瞳をしている。

すっと通った鼻筋に、口角の上がった形のいい唇も相まって、人目を引く顔立ちをしているこ

とは自覚していた。

——あんた、オメガだって聞いてたけど、昔はアルファと偽ってアイドルをやってたって本当？　どうりで綺麗な顔をしてると思った。

下卑た男の不快な声が鼓膜にべっとりと張りついている。晴輝は水面を睨みつけて、小さく舌を打った。

以前は仕事の関係上、短い周期でヘアスタイルを変えたり、派手なカラーを入れたり、時にはメイクやカラーコンタクトレンズまでしていたものだが、今はその必要もない。

留学先から帰国した三年前、縁あって家事代行業の仕事を始めた。

それ以降、常に客に清潔感と安心感を与えることを第一に、控えめで動きやすい恰好を心がけている。相手にきちんと表情が見えるように、すっきりとしたショートヘアと落ち着いた髪色。服装もハイブランドではなく、コストパフォーマンス重視のファストファッション中心。その甲斐あってか、派遣先の客からは真面目で爽やかな好青年だと、高評価をいただいている。

この仕事についたきっかけは、わけあって留学していたアメリカで知り合った、六つ年上の真嶋(まじま)に誘われたことだった。さっそく帰国後に落ち合い、もう一人が加わって、晴輝を含めた三人が会社の立ち上げから携わってきた創業メンバーである。

割と早い段階で仕事は軌道にのり、晴輝もこの三年で何件もの依頼を担当してきた。

だが、晴輝が、八年ほど前に絶大な人気を誇っていた男性アイドルグループ『シックスクラウンズ』の『ハル』だと気づかれたことは一度もなかった。

年輩の顧客になると、そもそも『シックスクラウンズ』を知らないかもしれない。グループの存在を知っている人も、引退して八年も経つ元アイドルのことなど、多くの人が記憶から消し去っているだろう。芸能界は水ものだ。入れ代わりが激しく、一つの場所を巡って、日々椅子取りゲームをしている世界である。どんどん新しい顔ぶれがデビューし、かつての『ハル』のファンも、今では別の新たな推しを見つけているかもしれない。

ファンでもない人たちには、晴輝の過去など、尚更どうでもいいことなのである。

依頼主にとって重要なのは、頼んだ通りの仕事を完璧にこなしてくれるかどうか。期待以上の働きを見せればなお評価は上がる。経験と技術力が物を言う世界だ。ハウスキーパー個人のプライベートなど、よほどのことがない限り気にならない人がほとんどだ。

ましてや、デリケートな問題である第二性別を問いただすような顧客は稀である。

自ら公表するのは別として、無理やり他人の第二性別を聞き出すことは、オメガ保護法でも違法と定められているのは常識だ。何年か前に、職場でのバースハラスメントが社会問題になり、メディアでも大きく取り上げられた。晴輝自身も派遣宅でバース性について問われたことが何度かあったが、そのどれもが悪意はなく、世間話の中でたまたま話題になったという程度

だ。初対面で晴輝の性別をオメガだと言い当てる人はまずいない。

オメガの身体的特徴として、以前は小柄で筋肉がつきにくいことが挙げられてきた。しかし、近年では骨格が変化し、筋肉質で体格のいい個体が増えている。もはや外見で第二の性を言い当てることは難しくなっており、これもオメガが日常生活を送りやすくなった一因だといわれている。

今日、晴輝が自宅に伺った市倉(いちくら)という中年の男性客は、自分がアルファであることを最初に明かしていた。

その上で、担当者がオメガの場合はきちんと対策をしてほしいと言われていた。これは双方の体質を考慮してのことで、差別的な意味はない。市倉も契約の段階でハウスキーパーのバース性については問わないとしていたし、実際、これまで晴輝は彼から第二性別について何も訊かれなかった。

ところが、今日の市倉はいつもとは違っていた。

——あんた、オメガだって聞いてたけど、昔はアルファと偽ってアイドルやってたって本当?

きついアルコール臭をまとわせて帰宅した市倉は、作業中だった晴輝を呼びつけると、いきなりそう問いかけてきたのである。

――どうりで綺麗な顔をしていると思った。仕事で知り合った女がさ、古い雑誌の切り抜きを大事そうに持ってたんだよ。当時入れ込んでたとかなんとかで、かっこいいでしょって見せられて、あれ？　こいつどこかで見た顔だなと思ったら……まさかうちに出入りしているハウスキーパーでしたとかさあ。いやあ、笑っちゃったよ。そういえば、あんたが突然表舞台から姿を消したのって、やっぱりオメガだってばれたのが原因なわけ？　オメガタレントの裏話って結構噂で聞くけどさ、あんたもそのいやらしい体を使って、お偉いさん相手に営業とか仕掛けてたクチ？　もしかして、今も内緒でやってるとか？

赤ら顔をにやつかせてふらふらと近寄ってきた市倉に、晴輝は動揺し、激しい嫌悪感を覚えた。過去を知られたことよりも、市倉の思考が気持ち悪かった。急激な吐き気が込み上げてきた。

更に市倉はバカげた提案を持ちかけてきた。

――実は、新しい遊び相手が欲しかったところでさあ。あんたが裏でそういうサービスをしてるっていうなら、俺もお願いしちゃおうかな。今の契約料の倍出すけど、どう？

アルコール臭い息を吐きながら、いきなり晴輝に飛びつき、ソファに押し倒してきたのだ。

アルファの市倉に、体の付き合いだけの相手が何人かいることは知っていた。性に奔放なようだが、遊び相手の彼ら彼女らがそれぞれパートナーを見つけて、立て続けに振られたらしい。

晴輝の過去がばれたのは、そのうちの一人からだ。市倉は今日の相手にも振られて、相当苛々していたのだろう。大量の酒が入っていたこともあって、目の前にいた晴輝に性的な関係を要求してきたのである。

昔とは世情がまったく変わったとはいえ、いまだにオメガを蔑み、性の対象としか見ないアルファもいることは知っていた。もちろん、合意のない一方的な性行為は犯罪だ。

不意打ちのように掘り返されたくない過去を持ち出されて、咄嗟に思考が固まってしまった晴輝の様子を見た市倉は、何か都合のいい勘違いをしたのだろう。だらしない笑いを浮かべ、晴輝を無理やり組み敷こうとしてきた。

屈強な体躯に圧し掛かられて、晴輝は焦った。

とはいえ、こちらも黙ってやられるつもりはない。

晴輝は、二メートル近くあるような見るからにアルファだとわかる体格の男と比べれば小柄だが、アルファに交ざっていても遜色ないほど外見に恵まれていた。一八〇センチ近い身長と、見栄えのする長い手足に引き締まった筋肉。そのおかげで世間にばれることなく、アルファのふりをしてアイドル活動をしていられたのだ。生んでくれた両親には感謝している。

加えて、留学先で習い始めた武道で鍛え上げた体は、こういう非常事態に出くわした時に自分を守るためのものだ。

結果、晴輝は襲い掛かってきた市倉を逆に締め上げたのだった。

また、今日は週末に行う予定のホームパーティーの準備のために、晴輝の他にもう一人別のスタッフがいたことも幸いした。市倉にも伝えてあったが、本人はすっかり忘れていたのだろう。

大事には至らなかったものの、市倉がとった行動はれっきとした犯罪行為である。目撃者もいた上に、晴輝からは返り討ちにあって、我に返った市倉はすっかり酔いもさめてわけのわからない言い訳を繰り返していたのだった。

もろもろの処理を終え、ようやく一人になった今、一気に悔しさと怒りが込み上げてきた。

同時に、恐怖も蘇る。

新しい缶ビールのプルトップを引き上げようとしたが、カチッ、カチッと指が滑ってなかなか引っ掛からない。その時初めて、自分の手が震えていることに気がついた。

思わずぐっと爪が食い込むほど強く手を握り締める。

「……あー、もうホント腹立つ！　クソッ、なんなんだよ……っ」

悔しい。オメガを支配したがるのがアルファの性だ。オメガと知るやいなや、侮辱され、襲われかけた。いつでも支配できると思われていることが心底悔しい。

オメガである限り、ずっとアルファに怯えて暮らさなければいけないのだろうか。

世の中には『番（つがい）』と呼ばれるアルファとオメガのカップルが存在する。性行為中にアルファがオメガの項を噛むことにより成立し、それ以降は、番関係になったアルファにしか発情フェロモンが作用しなくなる。これによって、オメガは他のアルファから狙われることがなくなり、パートナーと安定した性生活を送れるようになるのだ。

とはいえ、しょせんは本能的な結び付きだ。肉体で縛る支配と従属の関係。

アルファがオメガを心の底から愛することなどありえない。晴輝はそう思っている。

むしゃくしゃした気分を切り替えるために、一つ深呼吸をした。

九月も半ばを過ぎ、夜になると都内でも秋のにおいを孕んだ涼しい風が吹き抜ける。

開け損ねた缶ビールをベンチに置くと、晴輝は池の傍に立った。

いつまでもくさくさしてはいられない。明日に持ち越さないように、こういう時はうたうに限る。

すうっと息を吸い込んだ。

緑に囲まれた静かな夜の公園に歌声が響き渡る。

晴輝には、落ち込んだり、悩んだりすると決まって口ずさむ曲がある。十代の頃、一番つらかった時期に心の支えになってくれた歌だ。

広い緑地公園は、大声でうたっても敷地の外まで声が漏れることはない。少し奥まった池周

辺のここはひとけがなく、ストレス発散にはもってこいのお気に入りの場所だ。サビに差し掛かり、気持ちよくうたっている時だった。

ふいにがさっと葉擦れの音がした。

反射的にうたうのをやめて、晴輝はびくっと振り返った。

薄暗い中を凝視する。風もないのに植え込みの一部ががさがさと揺れていた。最初は猫かと思った。だが、ずっ……、ずずっ……、と何か重たいものを引きずるような音が聞こえてきて、ぞっと背筋が震える。

息を詰めて、闇に目を凝らした。暗い草むらの中に人影らしきものが見えたのはその時だった。植え込みの間から、ぬうっと這うようにして姿を現したのだ。

「ひっ！」

まさかそこから人間が出てくるとは思わず、晴輝は悲鳴を上げた。

植え込みから這い出てきたのは大柄の男だった。うつ伏せになっているので年などはよくわからないが、どうも様子がおかしい。もがくように必死に手を空(くう)に伸ばす仕草は、助けを求めているように見える。

「あ、あの、大丈夫ですか？」

晴輝は咄嗟に声をかけた。

男から返事はなく、ずっ……ずずっ……と、最後の力を振り絞って、遊歩道まで匍匐前進したかと思うと、そこで力尽きたかのようにばたっと突っ伏した。

「どうしました!? 声が聞こえますか？　しっかりしてください！　救急車呼びますか」

ううっと唸る男が掠れ気味の低い声で言った。

「……さ……さっきの、歌……」

「歌？　歌がどうかしたんですか？」

「も……もういち、ど……うたって……くれ……」

「歌って、俺がうたってたやつ？　きっ、聞いてたんですか……っ」

まさか聞かれていたとは思わず、晴輝は一瞬羞恥に頬を熱くする。しかし、ぐっと上着の袖を引っ張られて、すぐに現実に引き戻された。先に救急車を呼ぶべきではないか。そう考えたが、地面に突っ伏した男は最期の頼みとばかりに歌をうたえと要求し、晴輝の腕を掴んで離してくれない。

「――わ、わかりました。うたえばいいんですね」

晴輝は急いで息を整えると、男のリクエストに応じた。

うたい始めてまもなくして、突っ伏していた男がはっと顔を上げた。

「あんた……」

「え？　なんですか？」

歌を中断して見下ろすと、男がこちらを見上げていた。

初めて顔を見るが、半分もまともに確認できない。なぜなら、明らかに手入れを怠っているぼさぼさの髪が目の辺りまで覆っていたからだ。

長い前髪の隙間から視線を感じるものの、目が合っているのかもよくわからない。

男が匍匐前進で晴輝の膝にすがりついてきた。ぎょっとして咄嗟に身構える晴輝に、男は満足そうな息をつき、昇天間近とでもいうような恍惚とした声で言った。

「あんた……いい声……してる、な……」

「え？　あ、そうですか？　どうも、ありがとうございま——えっ、ちょ、ちょっと！」

突然、男ががくっと脱力して晴輝に圧し掛かってきた。意識を失ったのだ。

「大丈夫ですか！　しっかりしてください！　救急車、救急車呼ばないと——」

青褪めた晴輝は屈強な男を支えながら、必死に尻ポケットをまさぐってスマートフォンを手に取る。急いで画面を操作しようとしたその時だった。

んゴォォォォ——っぷすぅ……、グォォォ——ッぷすぅ……。

「え？」と、晴輝は自分の耳を疑った。なんだこの豪快なイビキのような音は。

発していたのは気を失って晴輝にもたれかかっている件の男である。イビキのようなではな

く、正真正銘の人間のイビキだった。豪快なイビキが静かな夜の公園に響き渡る。

「うそだろ、寝ちゃったの？　今にも死にそうな感じで現れるから、本気で焦ったのに」

寝息とともに微かなアルコールのにおいがした。

「……なんだよ、ただの酔っ払いかよ」

晴輝は呆れる。心配して損した。

どっと疲れて頭上を仰ぐと、何事もなかったかのような顔をしている琥珀色の満月が目に入った。スマホの時計を確認して、小さく息をつく。あと数分で日付が変わる。

最後の最後まで、本当に今日は最悪な一日だった。

イビキを掻いて気持ちよさそうに熟睡している男を睨みつけ、晴輝は溜め息をこぼした。


そんな目まぐるしい一日を過ごした更に三日後。

「え？　俺に新規の依頼？」

晴輝は作業の手を止めて、真嶋を見上げた。

雑居ビルの三階にある家事代行サービス〈いえもりや〉の事務所である。

他のスタッフはみんな出払っていて、一人残された晴輝は黙々と事務作業をしていたところ

だ。

「そう。詳しい話をするから、そっちに移動するぞ」

真嶋が顎をしゃくって応接スペースをさし、晴輝は頷いて椅子から立ち上がった。

家事代行サービス〈いえもりや〉は、スタッフ総勢七名の小さな会社だ。

社長の真嶋と三年前に立ち上げて以来、『あなたの暮らしをしっかり支えます』をモットーに、依頼を受けた個人宅を訪問して家事を中心とした代行サービスを提供している。

晴輝が真嶋と知り合ったのは今から五年前、留学先のボストンだった。

当時、大学生だった晴輝は友人の紹介でハウスキーパーのアルバイトをしていた。

依頼先の一つが真嶋の友人宅であったことから、たまたま遊びに来ていた真嶋が、元アイドルの『ハル』とは気づかず晴輝に声をかけたのがきっかけだった。小さな子どもを三人も相手にしつつ、テキパキと要領よく動く晴輝の働きぶりに興味を持ったらしい。

それからは友人として会うようになって、真嶋が帰国するタイミングで一緒に働かないかと誘われたのである。ちょうど大学を卒業する年だったし、晴輝も進む道を迷っていた時期でもあった。いい機会だと考えて、真嶋と一緒に帰国することに決めたのだった。

〈いえもりや〉は、たった三人からのスタートだったが、顔の広い真嶋の営業力と丁寧なサービスが好評で徐々に仕事が増えていき、現在は七人のスタッフで回している。

「――で、新しい担当顧客の件だけど」

真嶋が短髪のこめかみを掻きながら切り出した。草野球で日に焼けた肌にポロシャツを着た彼とソファに向かい合って座り、晴輝も前のめりになって話に耳を傾ける。

真嶋は人好きのする愛嬌ある顔を僅かに歪ませて、言った。

「急ぎの依頼だ。できればこれからすぐにでもお願いしたいそうだ。晴輝を指名で」

「指名？　俺を？」

晴輝は首を傾げた。スタッフの指名は、以前担当した顧客のリピーターに多い。ところが今回は新規の客だ。なぜ自分をと疑問が湧く。

「なんでも、三日前の夜に、晴輝から直接名刺をもらったそうなんだが、心当たりは？」

「三日前の夜……名刺……」

少し考えて、「ああ」と思い出した。

三日前の夜といえば、公園でおかしな酔っ払いと遭遇したあのことだろう。

確かに晴輝は自分の名刺を渡した記憶がある。ただし、酔っ払いにではなく、その男を迎えに来た男性相手にだ。

酔っ払って眠ってしまった男の後始末に困り果てていたところに、男のスマホが鳴ったのである。もしかしたら助けを求めることができるかもしれない。迷った末に電話に出ると、運が

いいことに相手は酔っ払い男の知人だった。事情を説明し、公園に迎えに来てくれることになったのだ。

現れたのは、眼鏡をかけたスーツ姿の三十代前半ぐらいの男性だった。地面に寝転がって熟睡している男を見た彼は、ひどく驚いた様子を見せた。なぜか興奮気味に出会いから男が眠るまでの過程を執拗に問いただされて、晴輝は若干引いてしまったが、すぐに気づいた彼から「ご迷惑をおかけしました」と、男の代わりに謝られたのだった。

後日礼をしたいと言われて、晴輝は丁重に断った。しかし、どうしてもとせがまれてしまい、とりあえず名刺を渡したのである。

彼の方はちょうど名刺を切らしていたようで、名乗ってくれたものの風と葉擦れの音が邪魔をしてよく聞き取れなかった。その後、相手に電話がかかってきたタイミングを利用して、晴輝は急いで挨拶をするとその場から立ち去ったのだった。

大柄の男は単に眠っているだけで事件性はないようだし、これ以上はかかわらない方がよさそうだと直感的に思ったのである。

「――たまたま知り合って、その場の流れで名刺を渡したんだけど」

詳しい事情を省いて説明すると、真嶋はなるほどと頷いた。

「だったら、心当たりはあるんだな。向こうの話だと、その時の印象がよかったから是非晴輝

にお願いしたいんだそうだ。ちょうど契約していた家政婦が辞めてしまって、代わりを探しているところだったらしい。晴輝と出会ったのも何かの縁だとおっしゃってたぞ」

「縁……？」

なんだか胡散くさいなと思う。

だが、眠りこけていた大柄の男は別として、あとから駆けつけたスーツの男性は真面目そうではあった。暗かったし、それほどきちんと顔を見たわけではないが、話し方や態度から物腰のやわらかい、感じのよさそうな人だったように思う。

「ただ、先方から一つ条件があって」

「条件？」

「依頼主には六歳の子どもがいるそうだ。相性もあるからと、まずは一日お試しでサービスを頼みたいらしい。以前、よその代行サービスとトラブルがあったみたいで、依頼先には慎重になっていたようだが、のっぴきならない事情ができたという話だった。問題なければ住み込みでの契約を希望」

「うーん、住み込みか」

晴輝は躊躇った。真嶋がすぐに付け加える。

「住み込みといっても、先方の希望期間は来月いっぱいまでの約一ヵ月半。仕事が立て込んで

いて、子どもの世話にまで手が回らないそうだ。シングルファーザーで、とにかく来月末までは仕事に集中できる環境が欲しいということだ」

「一ヵ月半か。それなら大丈夫かな」

契約の期間を聞き、晴輝はすぐさま頭の中で計算すると安堵した。

住み込み業務を受ける際に晴輝が最も気にかけるのは、ヒートと重ならないかどうかである。ちょうど二週間前に前回の発情期が終わったばかりだった。三ヶ月に一度のヒートは今のところ大きくずれることなく毎回安定しているし、次の予定日まで二ヶ月以上ある。

抑制剤もきちんと飲んでいるし、問題はないだろう。

「あと、伝えておかなきゃいけないことがあるんだが」

真嶋が急に声を落とし、晴輝を気遣うように言った。

「依頼主はアルファなんだ」

あの男性はアルファだったのか。まず先に晴輝は意外に思った。晴輝よりも背が低く、細身で温厚そうな男は、傲慢で自信家なアルファのイメージとは異なっていた。だが、見た目の印象は当てにならない。それは晴輝自身が身をもって知っている。

とはいえ、真嶋が言いたいのは、そういうことではないのだ。

晴輝はつい先日、担当顧客を一人失ったばかりだった。

例の市倉である。あの件はすでに片付いたはずだ。晴輝から事情を聴いた真嶋が、すぐに先方に出向いて市倉本人と直接話をつけてきたのである。もちろん全面的に市倉が悪いが、晴輝も必要以上に大暴れしてしまったことは否めない。あとから聞いたが、壊してしまった調度品の中には目が飛び出るほどの高額の品があったそうだ。双方が大ごとにしたくなかったこともあり、今回は警察に通報しない代わりに、市倉側には弁償代の一切を〈いえもりや〉に請求せず、また晴輝の過去や現在について他言しないことを約束させて、サービスの解約手続きを行ったのだった。

真嶋は、アルファの顧客ともめた晴輝の意思を尊重してくれているのだろう。晴輝を見る目が出会った頃に感じた頼れる兄貴の目になっていた。嫌なら断るから無理をするな。そう言ってくれている。

晴輝は内心で感謝し、笑顔で言った。

「大丈夫。別にアルファだろうと、お客さんであることに変わりないし。引き受けるよ」

「いいのか？」と、真嶋が確認するように訊いてきた。

「もちろん。俺たちがお客様を選んじゃダメでしょ。シングルファーザーで子どもの世話に手が回らないからって俺たちを頼ってくれるんだから、しっかり支えないと」

それに、と晴輝は考える。どちらかというと中流家庭の顧客が中心の〈いえもりや〉にして

は珍しいタイプの市倉は、高級住宅地に住み、著名人の知り合いも多く、しょっちゅうホームパーティーを開くような富裕層だった。おかげで月に何度もサービスを利用してくれて、今月の後半だけでも一回の単価が大きいパーティーのセッティング予約が四回も入っていたのだ。それがすべて白紙になり、会社としては多大な損失になってしまった。

晴輝自身も今後のスケジュールがぽっかりと空いてしまっている。この二日間は他のスタッフがせっせと現場で働く中、晴輝だけ事務所に残り、罪悪感を抱えつつ事務処理に勤しんでいる。空白のスケジュールと会社の収益の穴を埋めるためにも、断る理由はない。

「子どもの世話は得意だから任せておいて。絶対に気に入ってもらって、住み込み契約を取り付けてくるから」

意気込んでみせる。しかし、真嶋はまだ何か言いたげに表情を曇らせている。

「まだ他にも何かあるの？」

不審に思って訊ねると、腕組みをした真嶋が「うーん」と天井を仰いで唸った。

「実はその依頼主なんだけど、名前を聞いて、一つ思い出したことがあってさ――」

2

依頼主の名前は獅子堂瑛といった。

サービスの依頼内容は家事全般に子どもの世話等。家事代行業社によってはベビーシッターを受け付けないところもあるが、〈いえもりや〉は基本的には引き受ける。

七人いるスタッフには主婦もいるので、住み込みの業務となると難しい。その点、独身でシッター経験が豊富な晴輝にはお誂え向きの顧客だといえた。留学前は考えたことがなかったが、留学先で子どもと触れ合う機会が増えて、自分が意外と子ども好きであることに気づかされた。かといって、自分がアルファの子を産みたいとは思わないが。

獅子堂とは、ほんの三日前に偶然出会っただけの縁だ。たった数分ほど会話を交わした程度の相手から、まさか指名で依頼を受けるとは想像もしていなかった。酔っ払いは迷惑だが、あの熟睡男のおかげで仕事につながったのだから、まあ悪い出会いではなかったかなと前向きに考える。

晴輝は真嶋から渡された顧客資料を頭に思い浮かべて、気持ちを切り替えた。

獅子堂は三十四歳のシングルファーザー。現在、高級住宅地の一軒家で保育園に通う六歳の

息子と二人暮らし。

職業は作曲家。シシドウアキラの名義で主に劇判という映画やドラマ、アニメなどで流れる音楽やCM曲を手がけているそうだ。

真嶋の情報によると、シシドウアキラは相当な売れっ子だという。晴輝は芸能界を引退後、意識的に日本のエンターテインメントから遠ざかっていたのであまり詳しくなかったが、インターネットで検索してみると、晴輝でも知っている有名なドラマや映画のタイトルが次々と出てきた。特にCM曲は耳に残っているキャッチーなものが多く、これを作った人なのかと驚かされた。

初対面から勝手に真面目なサラリーマンの印象を持っていたので、意外だった。

そんな有名人のお宅をこれから訪問するのだ。

スマホの地図アプリを頼りに到着したのは、うすうす想定をしていた通り、立派な一軒家だった。ぐるっと敷地を取り囲む外壁の長さから想像するに、庭も広そうだ。ここに子どもと二人暮らしとは。住み込みの依頼も納得する豪邸である。

インターホンを前にして、ふと真嶋の声が脳裏に蘇った。

――実はその依頼主なんだけど、名前を聞いて、一つ思い出したことがあってさ……。

そう言って見せられたのは、三年も前の古い週刊誌だった。見開きページの三分の一ほどの

スペースに、小さな見出しでシシドウアキラの記事が掲載されていた。『オメガ嫌いで有名!? 人気作曲家が起こしたトラブルの数々』

記事によると、シシドウという男は極度のオメガ嫌いであり、オメガタレントやスタッフとのトラブルが絶えないという内容の記事だった。選民思想が強いタイプのアルファだとも書いてあった。

——まあ、古い記事だし、週刊誌の内容は大概デタラメだけどさ。本人から直接言われたわけじゃないし、晴輝の性別を問われることもなかったから、特に気にすることはないと思うけど。一応、念のために頭には入れておいてくれ。

何かあったらすぐに連絡をするようにと、真嶋には言われていた。

晴輝を指名したのは獅子堂である。実はオメガ嫌いだと言われたところで、晴輝は悪くない。まあ、ばれたらばれたでその時に対処を考えればいい。できれば、仕事内容を見て判断してほしいなと思いつつ、深呼吸をしてインターホンを鳴らした。

しばらくして『はい』と返事があった。

「お世話になります。私、家事代行サービス〈いえもりや〉から参りました、高雛といいます。本日はご依頼をいただきまして、ありがとうございます」

『……入ってくれ』

素っ気無い声の後、すぐに電動の門扉が開いた。

アプローチを歩きながら晴輝は内心で首を傾げる。随分と声が低かった気がするが、例の眼鏡スーツの男性はこんな声だっただろうか。

玄関の前に立つと同時に、中からドアが開いた。ぬうっと人影が現れる。

「先日は助けていただき、どうもありがとうございました。このたびは……」

晴輝は固まった。

てっきり、そこにいるのはあの温厚そうな男だと思っていたからだ。

しかし、立っていたのはまったくの別人だった。明らかに手を入れていないぼさぼさヘアに、長い前髪で隠れた目もと。思わず一歩後退りしてしまった圧の強さと、がたいのいい長躯。

上下着古したグレーのスウェット姿で現れた大柄の男を見て、晴輝は「あ！」と声を上げた。

「この前の酔っ払い！」

「……うるさい。声が頭に響く」

途端に男がぎろっと睨んでくる。前髪の隙間からでもわかる鋭い眼光に、晴輝は反射でびくっと身を竦ませた。

身長は一九〇センチを優に超えているのではないか。肩幅も広く、スウェットの上からでもがっしりとした筋肉が透けて見えるようだ。玄関のドア枠に掴まるようにしてのっそりと立た

れると、威圧感がすごかった。熊のような風体の男である。

夜の公園ではよくわからなかったが、男の半分しか見えない目の下にはくっきりとクマができていた。鼻から下は無精ひげが生えており、顔色も人相も悪い。

インターホンの対応をしたのは彼だろう。どうりで声が違ったわけだ。

晴輝は気を取り直し、名刺を差し出して言った。

「このたびは〈いえもりや〉をご利用いただきまして、どうもありがとうございます。担当させていただきます、高雛と申します。あの、ご依頼主様の獅子堂様はいらっしゃいますでしょうか」

「獅子堂は俺だ」

「え？」

晴輝は目をぱちくりとさせた。

「……し、獅子堂様、ですか？」

「そうだと言ってるだろ」と、男が名刺を奪う。「高雛晴輝――間違いないな。顔はよく覚えてないが、その声は耳に残ってる。入ってくれ。時間がない」

「えっ、あ……は、はい。失礼します」

出されたスリッパを急いで履くと、晴輝はまだ頭の整理ができないまま、さっさと廊下を歩

いていく獅子堂を慌てて追いかけた。

「ここがリビングだ」

「わあ、広い……」

続けようとした言葉を思わずのみ込み、晴輝は咄嗟に顔を顰めた。もわっとこもった異臭が押し寄せてくる。

二階まで吹き抜けの広々とした空間に目がいくよりも先に、その汚さに唖然となる。

まず、床やソファが大量の衣類で覆い尽くされている。洗濯前なのか洗濯済みなのかもわからないそれらがあちこちに散らばっていて、足の踏み場もない。その他にも雑誌やＤＶＤ、書籍に、ところどころ子どものオモチャ。

ローテーブルの上には食べかけの菓子や食器が残されていた。

想像だが、ここで誰かが朝食をとったのだろう。一人分の食器は空になっていたが、その横のかわいらしいライオンのイラストがついたコップの周りには白い水溜まりができていた。牛乳をこぼした跡だ。そして、それを拭こうとして持ってきたのであろう布巾が、テーブルの下に丸まって落ちていた。おそらく、ここで転んだに違いない。小さな足を引っ掛けたような形で、洗濯物の一部が盛り上がっている。

晴輝はあっけにとられた。

「これはまた……」

一見しただけでわかる。掃除ができない人の家だ。

掃除が苦手で家事代行サービスを利用する人は多い。晴輝も過去にそういう家を何軒も担当して免疫はあるつもりでいたが、子連れでこの汚れ具合はなかなかのものだ。

仕事が忙しくて家事に手が回らないというのは本当なのだろう。獅子堂本人も相当疲れている様子だ。先ほどからただ立っているだけでも、そのがたいのいい体がゆらゆらと揺れている気がする。歩く後ろ姿も足もとがふらついていたし、何より目の下のクマは重症だ。忙しすぎて眠れていないのだろうか。公園の地面に這いつくばって熟睡していた様子を思い出して、なるほどと納得すると同時に少し同情してしまった。

それにしても、『獅子堂』がサラリーマンではなく、酔っ払いの方だったとは。

アルファと聞いているが、長身でがたいがいい以外は、華やかでオーラのある典型的なアルファの外見イメージとはおよそかけ離れた男である。

恰好も毛玉ができたスウェットの上下だし、袖に何かくっついているかと思えば、カピカピに乾いた飯粒だった。

「……あの、ここについてますよ。ごはん粒」

「うん？」

獅子堂が億劫そうに袖を見やる。取り除くのかと思ったら確認しただけで、何事もなかったかのように飯粒をつけたまま、テーブルを指さして言った。

「やってもらいたいことはそこにある紙に書いておいた。鍵も渡しておくから出入りはこれでしてくれ。俺はしばらく仕事部屋にこもる。今夜が締め切りなんだ。どうしようもないこと以外の判断はそっちに任せるから、できる限り話しかけないでくれ」

それだけ言い残すと、獅子堂はふらふらとおぼつかない足取りで奥の部屋に引っ込んでしまった。バタンとドアが閉まる。

「え？　ちょ、ちょっと待ってください、獅子堂さん……っ」

いきなり丸投げされて、晴輝はしばらくの間、ぽかんと立ち尽くしていた。


テーブルに置いてあった指示書は、思ったよりも丁寧な字で具体的に書かれていた。

大まかには、掃除と洗濯、食事の準備、そして子どもの迎え。

息子は舞那斗(まなと)というそうだ。

保育園の迎えまで、まだ時間がある。それまでに、ある程度他の仕事を済ませておかなければならない。

指示書にあった優先順位に従って、まずはリビングの掃除から手をつける。

洗濯物はとりあえず片っ端から集めて、仕分けし、洗濯機に放り込んだ。オモチャはどこに片付けていいのかわからないので、ひとまず部屋の隅にまとめておく。

仕事部屋は作曲家のそれ仕様で防音設備が整っていると書いてあったので、掃除機をガンガンかけた。庭には物干しスペースがあり、そこに第一陣の洗濯物を干してゆく。

あらかた片付くと、次は買い物だ。

冷蔵庫の中のものは好きに使っていいと書いてあったが、入っていたのは飲み物のペットボトルに牛乳、ヨーグルト、魚肉ソーセージ。瓶に半分ほど残ったジャムと消費期限が今日までの食パン。あとは冷凍室に子どもが食べられそうな冷凍食品が数点。

この食生活では栄養バランスがまったく取れない。加えてあの汚部屋。仕事が忙しいのはわかるが、六歳の子どもが暮らすには少々心配になる環境だ。

最初は例の酔っ払い男が獅子堂だと知って正直戸惑ったが、今は名刺を頼りに晴輝に連絡をくれてよかったと思う。げっそりとした獅子堂と、まだ会ったことのない六歳児がゴミに埋もれて倒れている様子を想像してしまった。一歩間違えばありえたかもしれない未来だ。

キッチンのシンクに溜まっていた洗い物を済ませると、電話が鳴った。

固定電話である。一瞬迷ったが、獅子堂には滅多なことでは話しかけるなと言われている。

晴輝は受話器を取った。

「はい。獅子堂でございます」

『もしもし？　もしかして、〈いえもりや〉の高雛さんですか？』

落ち着いたやわらかい男性の声にはどことなく聞き覚えがあった。

「はい、そうですけど」

『ああ、よかった。来ていただけたんですね。先日は公園で失礼しました。宝生（ほうしょう）です』

そうだ、宝生だ。晴輝は三日前の夜に出会った眼鏡スーツの男性を思い出していた。彼が名乗った時、風に掻き消された声の最後の音だけはなんとなく聞き取れたので、響きが似ている獅子堂と勘違いしたのである。

『今日、高雛さんが訪ねてくると獅子堂から聞いておりましたので、私も一度ご挨拶をと思いまして』

丁寧な物言いでそう言うと、宝生はざっとここまでの経緯を教えてくれた。

彼は音楽事務所に勤務しており、所属作家である獅子堂のマネージャーを務めているという。獅子堂とはプライベートでも付き合いがあって、前任の家政婦が辞めてからというもの、獅子堂親子の身の回りの世話までしていたそうだ。

ところが、別の仕事で急遽海外への長期出張が決まってしまった。少なくとも来月いっぱいはそちらの仕事にかかりきりになるので、その間の獅子堂家の面倒を見る者がいなくなること

をとても心配していたらしい。子どももいることだし、すぐにでも家政婦を手配しようと提案するも、獅子堂は渋るばかりでなかなか話が進まない。あと数日で自分は出国しなくてはならない。まさにそんなお誂え向きのタイミングで晴輝と出会ったのだと、宝生は電話越しにも興奮しているのがわかる弾んだ声で言った。

『どういうわけか、その直前まで家政婦を雇う雇わないで私ともめていた獅子堂が、高雛さんの名刺を見て、急に〈いえもりや〉さんに頼むから大丈夫だと言い出しましてね。あの夜——獅子堂が高雛さんと出会ったのも、何かの縁なんだと思います。どうか、獅子堂と舞那斗くんのことをよろしくお願いします』

回線の向こう側で空港アナウンスが流れていた。そろそろ行かなければいけないと言う宝生は、再び晴輝に獅子堂親子のことをよろしく頼んで、通話を切ったのだった。

今回の一ヶ月半の住み込み依頼は、宝生が帰国するまでの期間であることが知れた。

獅子堂だけなら多少不便でもそのくらいの期間は適当にやり過ごすだろう。だが、まだ六歳の舞那斗の世話は、さすがに大人の手が必要だ。とはいえ、一ヶ月半もの長い間、自分一人では心もとないと考えたのだろう。あの荒れたリビングを見れば当然の選択だった。彼らを放っておけない宝生の気苦労もよくわかる。

電話を終えたあと、晴輝は近所のスーパーの場所を調べて買い物に出かけた。

子どもが好きそうなメニューを考えて食材を選び、両手に荷物を持って帰宅すると、そろそろ保育園の迎えの時間だ。

「舞那斗くんのお迎えに行ってきます」

聞こえてないだろうが、一応、獅子堂の部屋に向けて一言声をかけてから出かける。

保育園には事前に獅子堂が連絡を入れている。指示書に書いてあった通りに、保育士に自分の名前を告げて身分証を見せ、代理で迎えに来たことを伝える。

まもなくして、帰り支度をした男の子が保育士に連れられて出てきた。母親が迎えに来ていた同じ組の男の子も一緒に出てきたが、その子と比べると一回りほど小さく全体的に細い。やんちゃそうな友達はこの年頃にしては結構大きい気がするし、だとすると、舞那斗は平均に近い体形なのだろうか。少し長めの坊ちゃん刈りが、おとなしそうな印象を与える。

「はじめまして、舞那斗くん。ハウスキーパーの高雛晴輝といいます」

舞那斗は大きな目でじっと晴輝を見上げて言った。

「新しいカセイフさんですか？」

「うん、そうだよ。お父さんから聞いてるかな？　よろしくね」

今日はまだお試し期間中だが、できればこの先の一ヶ月半の間は付き合いを続けていきたい。

そんな思いを込めて、晴輝はその場にしゃがむと握手を求めた。

もじもじする舞那斗は最初は躊躇うそぶりをしていたが、こちらが目を合わせてにっこりと微笑むと、おずおずと小さな手を差し出してきた。晴輝の手をぎゅっと握ってくれる。大きな目を細めてはにかむように笑う顔が愛らしかった。もっと警戒されるかと思ったが、案外人懐こい子のようだ。

子ども好きの晴輝は、そういう雰囲気が子どもにも伝わるのか、初対面でも懐かれやすい。挨拶を交わしたあとは、舞那斗は安心したのか自然に手をつないでくれた。

「新しいカセイフさんはいつまでうちにいるんですか？　えっと、前のカセイフさんはすぐにやめちゃったんです」

「ああ、そっか。大変だったよね」

一旦足を止めて、晴輝はアスファルトの道の脇に寄ってしゃがんだ。舞那斗と目の高さを合わせる。

「できれば長くいられたらいいな。気に入ってもらえるように頑張るから、よろしくね。何か困ったことがあったら、遠慮なく言ってください。舞那斗くんと仲良くなりたいし、なんでも話してね」

そう伝えると、舞那斗は丸い目をもっと丸くしてみせた。もじもじする彼の頬がほんのりピンク色になって、こくんと頷くと嬉しそうに笑った。

手をつないで歩きながら、今日は保育園で何をして遊んだのか、好きな食べ物や嫌いな食べ物について会話が弾む。自宅付近の横断歩道に差し掛かった頃、ふと舞那斗が思い出したように言った。

「お父さん、今日もおうちでずっとお仕事をがんばってましたか？」

「うん、そうだね。俺がおうちにお邪魔してからは、ずっとお仕事部屋にいたよ」

舞那斗がしょんぼりと俯いて、ふうと小さく息をついた。ちらっと上目遣いに晴輝を見上げると、もじもじしながら言いにくそうに口を開いた。

「おうち、汚かったでしょ。お掃除、ぜんぜんしてないから」

一瞬、返事を躊躇う。だが嘘をついても仕方ないので、晴輝は笑って言った。

「なかなかお掃除のしがいがあるおうちだったよ。舞那斗くん、帰ったらびっくりすると思うよ。頑張って綺麗にしたからね」

「本当に？」

「うん、それが俺の仕事。あのね、実は、舞那斗くんのおうちよりももっとお掃除が大変なおうちもあってさ。その点、舞那斗くんちは、ちゃんとゴミはゴミ箱に捨ててあって、ゴミの分別までしっかりしてあったから、助かったよ」

「ゴミの分別の仕方は、宝生のおじさんに教えてもらったから」

なるほど。晴輝は苦笑した。父親ではなく宝生が教えたというところに妙に納得してしまった。

「宝生のおじさん、すごいね」

「おじさんのこと知ってるの？」

「うん、さっきおうちに電話がかかってきたんだよ。これからお仕事で飛行機に乗らなきゃいけないんだって」

舞那斗が浮かない顔をした。

「宝生のおじさん、最近は忙しくてなかなかうちに来られなくて、だから早く新しいカセイフさんを頼んだ方がいいって、お父さんに言ってたんだ。でも、お父さんがなかなか『うん』って言ってくれないからこまってたんだよ。ぼくはまだ、お洗濯のしかたもわからないし、どうしようって思ってたら、うちの中があんなに汚くなっちゃって……」

ふてくされたみたいに唇を尖らせる。

「お父さん、ずっとお仕事ばっかりだから。疲れてるのに、ふらふらして倒れそうになりながらぼくのごはんを準備してくれたり、お風呂に入れてくれたりするんだ」

子どもながら不満げな顔をしてみせるくせに、ひどく心配しているのが伝わってくる。

「……そっか。優しいお父さんだね」

「うん。ぼくも、お仕事がんばってるお父さんにおいしいごはんを作ってあげたかったんだけど、うまく作れなくて、お父さんを怒らせちゃった」

舞那斗がしょんぼりと項垂れる。晴輝は一生懸命な小さな頭をよしよしと撫でて、一つ提案した。

「帰ったら夕飯の準備をしようと思うんだけど、舞那斗くんも一緒に手伝ってくれないかな。今夜はハンバーグだよ。舞那斗くんは好き？　お父さんもハンバーグは好きかな？」

舞那斗が俯いた顔をぱっと撥ね上げた。一転して目がキラキラと輝き出す。

「うん、大好きだよ。ぼくもお父さんにハンバーグを作ってあげたい！」

獅子堂の仕事部屋のドアが開いたのは、夜十時を回った頃だった。

「あ、お疲れさまです」

リビングのソファで乾燥機にかけた洗濯物をたたんでいた晴輝は咄嗟に立ち上がる。のっそりと幽霊のようないでたちで部屋から出てきた獅子堂が、一瞬ぎょっとしたように顔を強張らせた。ぎろっと鋭い眼光を放ち、「誰だお前は」と言わんばかりの警戒体勢に晴輝の方が驚く。まさかの不審者扱いである。

もしや忘れたわけではないだろうな。晴輝は内心で疑いつつ、おずおずと口を開いた。

「あの、家事代行サービスの高雛ですけど……」

途端に獅子堂が目を瞬かせた。

「――ああ、そうだった。ハウスキーパーが来ていたことをすっかり忘れていた」

折り曲げた指で鼻の下を擦り、バツが悪そうに言う。いつものように宝生が来ているとばかり思い込んでいたらしい。どうやら一つのことに集中すると、他へ気が回らなくなるタイプのようだ。舞那斗と帰宅してからも、獅子堂はまったく姿を見せなかった。

仕事の邪魔はできないので、晴輝は頼まれた作業をすべて片付けたあと、獅子堂が部屋から出てくるのを待っていたのである。

「……部屋が綺麗になっている」

獅子堂がぼそっと呟いた。

「はい。紙に書いてあったことは一通り終わらせました。舞那斗くんはもう眠ってます。さっきまで頑張って起きていたんですけど、眠そうだったのでお部屋に連れていきました」

「そうか。ご苦労さま」

労いの言葉が聞けて、晴輝は少しほっとした。

「お仕事は終わりましたか」

「ああ、一応」

「よかった、お疲れさまです。おなかがすいてませんか？　お昼も何も食べていらっしゃらなかったですよね」

その時、タイミングよく獅子堂の腹がぐうぅっと鳴った。獅子堂が慌てた様子で自分の腹部を押さえる。晴輝は思わず小さく噴き出した。

「すぐに準備しますね。ソファに座って待っていてください」

キッチンへと急ぐ。その間に獅子堂は洗面所に顔を洗いに行ったようだ。

準備してリビングに戻ると、ソファに腰掛けた獅子堂はどこか落ち着かない様子で、見違えるほど綺麗になった室内を見回していた。

目の下のクマが一層濃くなっている気がするが、仕事が一段落してほっとしたのだろう。ここを訪ねた時に感じたピリピリとした張り詰めた空気が消えていた。

晴輝はローテーブルに温め直した食事をセッティングする。立派なダイニングテーブルもあるのだが、この家では普段から食事はこのローテーブルでとっているようだ。

「ハンバーグにしました。舞那斗くんと一緒に作ったんですよ。お父さんにも食べてもらうんだって、さっきまで起きて待ってたんですけど」

あと三十分早く獅子堂が部屋から出てきていたら舞那斗に会えたのだが、残念ながら今はもう夢の中だ。睡魔に勝てなかった舞那斗の代わりに、晴輝が責任を持って獅子堂にハンバーグ

を食べさせると約束したのである。

「この形はなんだ？」

じっと皿を見つめていた獅子堂が首を傾げた。舞那斗が形成したハンバーグは楕円形ではなく、ちょっと変わった形をしている。角が丸くてぽっちゃりしたお星様みたい。目や鼻、ひげなどは海苔とスライスチーズで作った。

「なんだと思います？」

訊ねると、獅子堂はますます難しい顔をして、しきりに首を傾げている。晴輝は思い出し笑いを堪えて言った。

「実はこれ、ライオンです。舞那斗くんが言うには、獅子堂さんのイメージはライオンらしいですよ。そういえば名字も獅子ですもんね。大きくて、強くて、髪がぼさぼさ……じゃなくて、こう広がった感じが鬣に見えるからだそうです」

舞那斗から聞いた時、言い得て妙だと笑ってしまった。

「ライオン？　俺が？」

獅子堂はどうにも腑に落ちないという表情でじっとハンバーグを見つめていたが、再び腹の虫が鳴り、慌てて咳をして誤魔化す。箸を手に取り、「いただきます」と丁寧に手を合わせた。

意外なほど美しい箸使いでハンバーグを割り、優雅に口に運ぶ。

その野暮ったい恰好と洗練されたマナーとのギャップに晴輝は思わず目を奪われた。

「……美味い」

獅子堂はそう一言発したあとは、黙々と食べ続けた。育ちのよさが垣間見える品のある所作でありながら、驚異的な速さで皿の上の料理がどんどん消えてゆく。舞那斗がよく食べると言っていたので、ハンバーグを大きめに作り、白飯も茶碗に山盛りにして出したが、気づくともう残り僅かだ。気持ちがいいほどの食べっぷりである。

甘めのケチャップソースのハンバーグに付け合わせのニンジンのグラッセ、ポテトサラダ。作り置き用に作った切り干し大根の煮物やレンコンのキンピラ、大根の甘酢漬けなども小鉢に盛った。ジャガイモとタマネギの味噌汁は舞那斗のリクエストだ。

二杯目の飯もあっという間に平らげると、獅子堂は食べ始めと同様にきちんと手を合わせて「ごちそうさま」と言った。

「美味かった」

「よかったです。明日、舞那斗くんにもそう伝えてあげてください。喜ぶと思います」

「ああ。この前は——……叱ってしまったからな」

獅子堂がぼそっと独りごちる。聞こえてしまった晴輝は、少し迷って言った。

「舞那斗くん、お父さんのために玉子焼きを作ろうとしたそうですね。六歳児が一人で火を使

うのは危険ですから、獅子堂さんが驚いて声を荒らげる気持ちはよくわかります」

舞那斗は真っ黒焦げになった失敗作の玉子焼きにこだわっていたが、獅子堂が怒ったのはそういうことではない。

「舞那斗くん、まだお父さんが怒っているんじゃないかって気にしてましたよ」

獅子堂が長い前髪の奥で軽く目を瞠った。

「……怒ってない。ただ、一人で危ないことをするなと注意しただけだ。家の中にいても、少し目を離すと、子どもはこっちが思ってもみないことをしでかすからな」

バツが悪そうに頭を掻く姿は、我が子を大事に思う普通の父親だった。

「獅子堂さんは、家政婦を雇うことを随分と躊躇っていたと伺いました」

獅子堂が怪訝そうにこちらを向いた。昼間に宝生から電話があったことを伝えると、獅子堂は小さく息をついて口を開いた。

「先々月まで頼んでいた家政婦とトラブルがあったんだ。向こうの契約違反だ。もめてからいろいろ面倒になって、他人をこの家に入れるのに抵抗があった」

「契約違反？」

「子どものことを最優先に考えて行動してほしいと、最初に頼んだんだ。それが、あの家政婦は途中から舞那斗の世話をそっちのけにして、俺に色目を使うことに必死だった。恋だの愛だ

のと持ち出して、あげくの果てには結婚を迫ってくるし、もううんざりだ」

だから追い出したのだと、獅子堂は苦々しげに話した。思い出しただけでも心底うんざりした様子で、口もとを盛大に引き攣らせている。

なるほどそういうことだったのか。理由を聞いて、晴輝は獅子堂に思わず同情した。オメガとはまた立場の異なった特殊性ならではの悩みである。

ずば抜けてスペックの高いアルファ男性なら、それも仕方のないことなのだ。目の前にいる人物がアルファと知るやいなや、玉の輿狙いであの手この手を使って近寄ろうとするベータ女性は多いと聞くし、アルファの魅力に惹かれて恋に落ちるベータ男性もいる。オメガなら男女にかかわらず番になりたいと請う者がいるだろう。

ふいに視線を感じた。

晴輝は顔を向けると、じっとこちらを見ている獅子堂と目が合った。黙ったまま意味深な目線が問いかけてくる。その釘を刺すような視線の意味をすぐさま理解した晴輝は、慌ててブンブンと首を横に振った。

「お、俺はそんなことはしません。それに、俺は恋愛には一切興味がないですから。したいとも思わないです。だから、そこは安心してください」

語調を強めて一息に告げると、獅子堂は少しびっくりしたように目を瞠った。

「……君がそうだと言ったつもりはないんだが。気に障ったのなら悪かった。すまない」

「あ、いえ。気になさらないでください」

予想外にも殊勝に謝られてしまい、かえって晴輝の方が恐縮してしまう。

気まずい沈黙が落ちた。

「そうだ」

晴輝は話題を変えようと、キャビネットの上によけておいた自分の名刺を取ってきた。散らかり放題だったリビングの中でも比較的片付いていた窓辺に落ちていたのである。

「今回はたまたまだったにせよ、お声をかけていただいてありがとうございました」

宝生に渡したこの名刺だが、その後、獅子堂に奪われたという話だった。

「あの夜、公園でお会いしたことを覚えていらしたんですね。随分と酔っ払っていたようだったので、俺のことなんかすっかり記憶から抜け落ちているとばかり思ってました」

「……確かに、アルコールは多少入っていたが、別に酔っ払っていたわけじゃない」

獅子堂が不本意そうに言った。晴輝は内心で嘘をつけと思う。

「でも、ぐだぐだでしたよ。草むらの中から突然匍匐前進で出てきたかと思ったら、俺に絡んできて、すぐに眠っちゃいましたから」

「だからそれは——、アルコールのせいじゃない。君のせいだ」

「は？」と、晴輝は思わず聞き返してしまった。

「俺のせい、ですか……？」

なぜそこで晴輝のせいになるのだ。酔っ払いの言い分があまりにも理不尽で、晴輝は顔を顰めた。ところが獅子堂は開き直ったかのように「そうだ」と頷く。

「どういう意味ですか」

「俺だってよくわからない。だから、それを確かめるために君を呼んだんじゃないか」

ますます意味がわからず狼狽すると、獅子堂がおもむろにソファから腰を上げた。

「とりあえず相性を確かめたい。話はそれからだ」

「え？　相性って、舞那斗くんと俺のことじゃないんですか？」

「舞那斗？」と、獅子堂が訝しげに首をひねる。「なぜ舞那斗が出てくるんだ。俺と君との相性に決まっているだろうが」

決まっているだろうがと言われても、晴輝には話がまったく見えない。茫然としているうちに、大股でテーブルを迂回した獅子堂がなぜか隣に腰掛けた。びくっと怯えた晴輝は急いで手と尻を駆使しソファの端まで移動する。

まさか、晴輝がオメガだと最初から気づいていたのだろうか。

獅子堂も、市倉のようにオメガの体目当てでわざわざ晴輝をこの家に呼びつけたのだとした

ら。相性とは、つまりはそういう意味なのか。

オメガ嫌いという獅子堂の噂話が頭を過る。だが、心と体は別だ。愛がなくともセックスはできるし、本能的にオメガのフェロモンに抗えないアルファなら尚更そうだろう。アルファの中にはオメガに対して歪んだ嗜虐趣味を持つ者もいると聞いた。己のストレス発散のためにオメガを利用するアルファがいることも。

無意識にごくりと喉が鳴った。

ふいに頭上に影が差して、晴輝はぎょっと顔を撥ね上げる。

獅子堂が目の前に立っていた。

無言で見下ろしてくる獅子堂と視線が絡んだ瞬間、チリッと甘い痺れのようなものが全身を走り抜けた。

恐怖とは違う、初めての感覚に肌が粟立つ。晴輝は驚いて思わず獅子堂を凝視した。

獅子堂も何か奇妙なものを見るような眼差しで晴輝をじっと見つめてくる。

なんだろう、今のは……?

前髪から覗く漆黒の瞳に惹き付けられる。項がぞくりとした。途端に心音が速まり、一気に体温が跳ね上がる。頬が火照り出して、カッと体の芯が熱を帯びる。

発情期は二週間前に終わったばかりだ。だから、これはいつものそれとは違う、また別のも

のに違いない。

　では何かと言われると上手く説明ができない自分の体の異変に戸惑う。

　普段からフェロモンコントロールは心がけているし、晴輝のフェロモンが獅子堂を誘発しているわけではなさそうだった。ただじっと見つめてくる獅子堂の目に吸い込まれそうになって、晴輝は咄嗟に身構える。じんわりと汗の滲んだ顔でキッと獅子堂を睨み上げた。

「……おっ、おかしなことは考えないでください。俺はハウスキーパーで、家事を代行するためにここに来たんです」

「そんなことはわかっている。家事能力は文句なしに合格だ」

「犯罪行為は——え？」

　晴輝は思わず目を瞬かせた。獅子堂が真剣な表情で言った。

「君の家事能力に問題はない。だが、どうしても確かめておきたいことがある。これが一番重要なことだ。何せ、あんなふうになったのは初めてだったからな。どうしてももう一度、君に会う必要があった」

　そう言うと、獅子堂は再び晴輝の隣に腰を下ろした。緊張に体を強張らせたその時、獅子堂がゆらりと前のめりになって体を寄せてきた。「ひっ」咄嗟に両手を突っ張って撥ねのけようとした晴輝だったが、なぜかなんの手応えもなく手は宙を掻く。代わりに、膝の上に何かがぼ

すんと乗った。

恐る恐る見下ろすと、晴輝の膝の上にどういうわけか獅子堂の頭が乗っていた。大きな体でソファに寝そべった獅子堂は、もぞもぞと動いて頭の位置を調整している。

晴輝はきょとんとした。これは一体どういうことだろう。なぜ、自分は膝枕をさせられているのだろうか。

ベストな位置を見つけたのか、獅子堂が満を持して言った。

「よし、準備はいいぞ。さあ、うたってみてくれないか」

「……は？」

「子守歌でもなんでもいい。君の歌声を聞かせてくれ」

「歌声……？」

晴輝は唖然と見下ろす。しかし、膝の上の獅子堂は子どものようにわくわくとした様子で何かを期待して待っている。

そういえばと思い出した。公園で遭遇した時も、歌をうたえと絡まれたのだった。

「……わかりました。うたえばいいんですね」

獅子堂が何を考えているのかさっぱりわからない。だが、一瞬でも彼を犯罪者扱いしてしまったことが後ろめたく、晴輝は詫びのつもりで了承した。

「それじゃあ、童謡でもいいですか？　さっきも、舞那斗くんを寝かしつける時にうたってたものですけど」

「ああ、それで頼む」

獅子堂が頷く。晴輝は軽く咳をして、うたい始めた。

ところが、短い童謡の一番をうたい終える前に、早くもすーすーと寝息が聞こえてきた。

「うわ、もう寝ちゃった」

晴輝の膝の上で獅子堂は気持ちよさそうに熟睡していた。先日とまったく同じ展開だ。

「羨ましいくらい寝つきがいい人だな。けど困ったな。どうしよう、帰ってもいいかな」

そろそろ急がないと最終電車に間に合わなくなる。

「でも、まだ契約の話とか全然してないんだよな。獅子堂さん？」

声をかけてはみたものの、獅子堂が起きる気配はなさそうだ。

ぐっすり寝入っている獅子堂を見下ろしながら、疲れているのだろうなと思った。仕事を終えてせっかく休んでいる相手を起こすのも申し訳ない。

「あーもう、まいったな」

晴輝はソファの背にもたれて、高い吹き抜けの天井を仰いだ。

しんと静まり返ったリビングに、時計の針の音と獅子堂の寝息が絶妙に合わさって響いてい

る。なんだか晴輝も眠くなってきた。

いいにおいがする。

——と思ったら、甘いにおいの中に焦げ臭さが混じって、なんとも言えない異臭が鼻をついた。なんだこのにおいは。アパートに一人暮らしなので、日頃から火の扱いには十分気をつけているつもりだ。それにしても焦げ臭い。まさか、隣の部屋が火事？

はっと唐突に覚醒した。

目覚めて一瞬、自分がどこにいるのかわからなくなった。自宅アパートの狭い部屋とは似ても似つかない広い寝室。ふかふかの羽毛布団、ちょうどよい硬さの大きなベッド。

「……え？　どこだ、ここ」

晴輝は焦って、急いで上掛けをめくる。服は着たままだった。着衣の乱れがないことを確認して、ひとまずほっとする。深呼吸をして気持ちを落ち着かせると、改めて室内を見渡した。

見覚えのない部屋だと思う一方で、だんだんとゆうべの記憶が蘇ってくる。

「あれ？　俺、獅子堂さんが寝たあと、どうしたんだっけ……」

その時、ガチャッと部屋のドアが開けられた。小さな顔がひょこりと覗く。

「あっ、晴輝さんが起きてる！　お父さん、晴輝さんが起きたよ！」

甲高い声で叫んだのは、舞那斗だった。彼がいるということは、ここは獅子堂家だ。

晴輝はさあっと青褪めた。リビングで獅子堂が眠ったあと、膝枕をしながら晴輝も一緒になって眠りこけてしまったに違いない。おそらくこの部屋は獅子堂の寝室だろう。仕事部屋とその隣の寝室は掃除不要とのことだったので、初めて目にする場所である。

晴輝はやってしまったと頭を抱えた。

依頼主の家に許可なく寝泊まりしてしまった。しかもリビングからここまで、暢気に寝入る晴輝を運んだのは獅子堂だろう。家主を差し置いてベッドを占領してしまったのだ。

「高雛くん、起きたのか。おはよう」

ふいに甘さのある低い声が聞こえてきて、晴輝はすぐさま現実に引き戻された。

伏せた視線の先に、着古したグレーのスウェットのズボンが現れる。顔を合わせる前に晴輝は反射で頭を下げた。

「お、おはようございます。ゆうべはすみませんでした！　実は一旦帰宅して、本日改めて伺うつもりでいたのですが、まさかあのまま、不覚にも自分まで一緒に眠ってしまうなんて……っ」

とんだ失態である。ベッドの上で正座をする晴輝を前に、獅子堂が一瞬押し黙った。軽く咳払いをし、気を取り直したように言った。

「……いや、昨日はこっちもいろいろと無理を言って申し訳なかった。一日働いてもらった上に、明け方まで俺のわがままに付き合わせたようで、目が覚めたら君までソファに座って眠っていたから驚いた。気持ちよさそうに寝ていたんで、慌ててベッドに運んだんだが、体は大丈夫か？　俺こそずっと君の膝を借りてしまってすまない。寝心地がよくて熟睡してしまった。痛くはないか？」

　心配そうに問われて、晴輝は俯いたままブンブンと首を横に振った。

「平気です！　体が丈夫なのが取り柄ですから。こちらこそ、こんな上等なベッドを占領してしまって申し訳なかったです。重たいのに、わざわざ運んでいただいてすみませんでした。高級ソファでももったいない、適当に床に転がしておいてもらえばよかったのに……」

　言いながら、晴輝はおずおずと顔を上げた。戸口を見た瞬間、思わず目が点になる。

　誰だ、この人――？

　そこには晴輝の想像とはまったく違う外見の人物が立っていた。屈強そうな長躯にスウェットの上下は同じだが、ぼさぼさ頭でも無精ひげ面でもない。目を瞠るような爽やかな美丈夫。おまけにエプロンをつけている。

　晴輝はびっくりして、口を開けたまま獅子堂を凝視した。

　長い前髪を掻き上げて後ろで束ねているため、これまでほぼ隠れていた顔が丸見えだ。秀で

た額と、無精ひげを綺麗に剃ってすっきりした輪郭が露わになる。

初めてまともに獅子堂の顔を見た。

切れ長の涼やかな目もとは、昨日感じたような鋭い眼光は宿しておらず、どちらかというと穏やかな印象を受けた。濃すぎず自然な太さの直線的な眉は強い意志を表し、吸い込まれそうな漆黒の瞳は神秘的ですらある。すっと一本筋の通った鼻と酷薄そうだが色気をたたえた口もとは自信に満ち溢れているのに、不思議と爽やかな印象が際立つ。そこに華やかさと色香ある男らしさが加わって、総じてインパクトのある美貌だった。

昨日の彼とはまるで別人だ。一目でアルファだとわかる完璧に整った麗しい容姿。

晴輝はその美しさにしばし見惚れてしまう。

獅子堂がくすくすとおかしそうに笑った。

「床に転がすなんて、さすがにそんなことはできないだろ。大事な家政夫さんを。高雛くんは面白いことを言うな」

しっかり眠ったせいか、ゆうべまでは濃く浮いていた目の下のクマもあまり目立たず、血色も随分といい。納期間近でピリピリしていた緊張感が消えて、機嫌がよさそうだ。

舞那斗が獅子堂の長い足にくっつくようにして何やら話しかけている。子どもの効果もあって、エプロン姿の獅子堂にはとても親近感が湧いた。彼にはアルファにありがちな高慢さがな

く、逆に親しみやすさを覚える。いい意味でアルファらしくない。

「高雛くん、どうした。ぼんやりして大丈夫か？　寝違えでもしたか」

心配そうに言われて、我に返った晴輝は慌ててかぶりを振った。

「い、いえ、大丈夫です。なんでもないです」

「そうか。だったら、顔を洗ってさっぱりしたらどうだ。簡単なものだが、朝食を作ったんだ。食事にしよう。今後の契約の話はそのあとでいいかな。舞那斗、高雛くんを洗面所に連れていってあげてくれ。タオルの場所はわかるよな」

「うん、わかる。晴輝さん、一緒に顔を洗いに行こう。こっちだよ」

駆け寄ってきた舞那斗に促されて、晴輝は戸惑いつつも急いでベッドから下りる。手を引かれて部屋を出る寸前、獅子堂と目が合った。ふわっとやわらかく微笑まれた途端、どういうわけか心臓をぎゅっと鷲掴みにされたような衝撃に襲われる。

なんだ、この感覚……。

たった数歩歩いただけなのに、まるで百メートルを全力疾走したあとのような激しい動悸がし始める。晴輝は胸を押さえながら、咄嗟に顔を伏せた。擦れ違った獅子堂から僅かに焦げ臭さと、甘いケチャップのにおいがした。

3

「それじゃあ、契約成立ってことだな」

書類を見ながら真嶋がほくほくとした声で言った。

雑居ビル内にある〈いえもりや〉の事務所である。晴輝は獅子堂と正式に契約を交わしたことを報告しているところだった。

「うん。さっそく今日から一ヵ月半、住み込みで獅子堂家に入る予定。今朝もここに来る前にお子さんを保育園に送ってきたんだよ」

——晴輝さん、またあとでね！

笑顔で手を振り園舎に入っていった舞那斗を思い出して、晴輝は自然と頬がゆるんだ。

正直に言うと、まだお試し中の身でありながら家政夫としてとんだ失態を演じてしまった晴輝は、契約が白紙になるのではないかと内心ひやひやしていたのである。

ところが、獅子堂から切り出されたのは、願ってもない話だった。

——今後のことだが、改めて高雛くんに正式に家政夫をお願いしたいと思う。

獅子堂の言葉を聞いた瞬間、晴輝は心の中で盛大にガッツポーズをしたのだった。

――舞那斗も高雛くんのことを気に入ったようだし、とりあえず最初に提示した契約内容で話を進めてほしい。細かいことはその都度話し合おう。ああ、その前に。契約するに当たって、一つ条件があるんだが……。

急に声をひそめた獅子堂に、浮かれ調子の晴輝は満面の笑みで首を傾げた。朝食を終えて、舞那斗は歯磨きをしに席を外したところだった。その間に後片付けをしてしまおうと立ち上がった晴輝は、獅子堂に呼び止められて契約話を切り出されたのである。

獅子堂が用意してくれた朝食は思った以上に立派なものだった。トーストにサラダ、スープにオムレツ。サラダは千切ったレタスにぶつ切りしたキュウリ、ミニトマトを添えて、市販のドレッシングをかけたもの。スープは湯を入れるだけのカップスープだが、オムレツは手作りだった。あの焦げ臭いにおいの原因はこれだったようだ。あとから舞那斗がこっそりと教えてくれたのだった。あまり料理が得意でない獅子堂は、朝早くからオムレツ作りに挑戦し、何度か失敗を繰り返していたという。晴輝に出されたプレーンオムレツは少し焦げていたものの、ふんわりとしたバター味でおいしかった。

獅子堂は一度振り返り、まだ舞那斗が洗面所から戻ってこないことを確認すると、更に声をひそめて言ったのだった。

――君には、俺が眠る時に歌をうたってもらいたいんだ。ゆうべのあれで確信した。どうや

ら俺は、君の歌声を聞くとぐっすり眠れるらしい。

　実は獅子堂は、長く不眠症で悩んでいるのだと明かしてくれた。忙しい仕事の合間を縫って、少しでも睡眠をとろうといざ寝ようとするも、どういうわけかちっとも眠れない。体は疲れているのに、神経が高ぶったままなのか、上手く睡眠をとることができない状態がもう半年以上続いているという。最初は医者に処方された薬で強制的に睡眠を得ていたが、それも体が慣れてしまったのか、徐々に効かなくなっているそうだ。アルコールも役に立たず、このままだと仕事にもプライベートにも影響を及ぼしてしまう。

　そんな悩みを抱えていた獅子堂は、あの夜、打ち合わせ帰りにたまたま通りかかった公園で、晴輝の歌声を耳にしたのである。

　不思議なことに、その歌声を聞いた途端、これまで感じたことのない急激な睡魔に襲われたのだと、獅子堂は興奮気味に語った。

　晴輝が遭遇した公園での獅子堂は、酔っ払っていたわけではなく、必死に眠気に耐えつつ歌声の主を捜しているところだったのだ。晴輝の歌を聞きながら、驚異的なスピードで眠りに落ちた獅子堂を、晴輝はすでに二回も目の当たりにしている。

　――君の名刺を宝生から見せてもらって、今の切羽詰まった俺たちにとってなんてお誂え向きな肩書だと思った。さっそく連絡して、君に来てもらえたのは計算通りだ。家政夫としての

能力は問題ないし、あとは肝心のあの夜の出来事がまぐれでないことを確認するために、ゆうべは君との相性を確かめさせてもらったんだ。結果は君も知っての通り、俺はぐっすり眠れた。おかげで今朝は久々にすっきりと気持ちよく目覚めることができた。感謝している。

テーブルの上でいきなり手を掴まれて、晴輝はびっくりした。だが、獅子堂の顔は真剣そのもので、晴輝を真っ向から見つめると懇願するようにこう言ったのである。

――君の歌声が頼りなんだ。この先も仕事のスケジュールは詰まっているし、このままだと体が持たないのは目に見えている。倒れでもして、舞那斗に心配をかけたくない。高雛くん、頼む。俺を助けると思って、しばらくの間、家政夫の仕事とは別に俺の子守歌係をやってもらえないだろうか……。

予想外のイレギュラーな依頼に、晴輝は一瞬返事に困った。だが、真摯な獅子堂の願いに心が揺さぶられた。不眠症のつらさは、晴輝自身よく知っているからだ。今は落ち着いているが、十代の頃の晴輝は、極度のストレスや不安で眠ることができず、体調不良に悩んだ時期があった。本当に苦しかった。昨日の獅子堂を思い出す。顔色が悪く、目の下にはくっきりと現れた濃いクマ。家の中を歩く足取りは重そうで、ふらふらと今にも倒れそうな雰囲気に晴輝も心配したのだ。事情を知って、思わず同情した。

――わかりました。どういう仕組みなのかはわかりませんけど、俺の声でよければ、子守歌

ぐらいいくらでもうたわせてもらいますよ。

これがただの余興や暇潰しならもちろん断るところだが、獅子堂のは違う。自分の歌声が本気で困っている彼の役に立つのなら、是非とも協力したいと思った。

獅子堂がほっとしたように表情をゆるめた。

——ありがとう。本当に助かる。高雛くん、これからよろしく頼みます。

嬉しそうに晴輝の手を握り、大きな両手で優しく包み込む。その瞬間、またチリッと軽い痺れが晴輝の全身を駆け抜けた。出会ったばかりの晴輝に正直に自分の弱みを見せた上で、ありがとうと屈託のない笑顔で言った獅子堂を、やっぱりアルファらしくない人だなと思ったのだった。

「それで、問題はなさそうか」

真嶋の声で、晴輝は現実に引き戻された。

「昨日は帰りが遅かったみたいだな。一度事務所に戻ってくると思っていたから待っていたんだけど、何時までいたんだよ。この契約書は朝一で訪ねて書いてもらったのか」

報告書を見ながら真嶋に問われて、晴輝は返事に詰まった。ゆうべは獅子堂が寝てしまったので、真嶋には依頼主の仕事が終わらず契約の話は翌日に持ち越すことになったとメールしておいたのだ。もう遅いので直帰すると伝えたが、まさかそのまま泊まったとは言えなかった。

舞那斗を保育園に送った後、晴輝は急いで自宅に戻り、着替えてからここに来た。

「昨日が締め切りだったみたいだから、ほとんど話ができなかったんだよね。今朝、改めて話をした感じでは、特に問題はなさそうかな。獅子堂さんは仕事柄、部屋に閉じこもっている時間が多いけど、子ども思いの優しいパパって印象。舞那斗くんもいい子だし」

子守歌の件は真嶋には報告していなかった。これも『依頼者家族に快適な生活環境を提供する』という家事代行業の仕事の一環だと考えれば、問題ないと思っている。

「ふうん。――で、あっちの方は大丈夫だったのか？」

「あっち？」

「お前がオメガだってことは、先方にはばれてない？　それとも、何か訊かれたか」

心配そうに真嶋に問われて、晴輝はああと思い出す。

「そのことなんだけど。実は、この本を獅子堂さんに見られてしまって」

私物のショルダーバッグから一冊の単行本を取り出してテーブルに置いた。『ベータの処世術』――真嶋からの借り本である。〈いえもりや〉には真嶋をはじめ五人のベータと、晴輝を含めた二人のオメガが在籍している。真嶋が読んで面白かったというその本は、スタッフの間で又貸しされていて、先日、晴輝に順番が回ってきたのである。オメガの晴輝も参考までに借りたのだった。

昨夜、獅子堂が仕事部屋から出てくるのを待ちながら、鞄に入れていたこの本を読んでいたのである。リビングに置きっぱなしにしていたことに気づいたのは、今朝、獅子堂自ら手渡してくれた時だった。

――これ、高雛くんのだろ。君はベータなんだな。

そうなんの疑いもなく言われて、晴輝も咄嗟に「はい」と答えてしまったのである。

「嘘をついたのは、やっぱりまずかったかな」

「うーん、まあ、一ヶ月半の契約だし、ヒートまでまだ日にちがあるんだろ？　このままベータで押し通せるなら、その方がいいかもな。どうもあの週刊誌の記事はまったくの嘘ってわけじゃないみたいだし。実際にオメガのタレント相手にいろいろあったらしいぞ」

以前、広告代理店に勤めていた真嶋は顔が広く、芸能関係者の知り合いも多い。〈いえもりや〉を起業して比較的早く軌道にのったのは、彼が当時のつてを頼って富裕層の知人に片っ端から営業をかけたおかげである。

「まあ、本人から直接オメガNGと言われたわけじゃないし、オメガ嫌いも一部の仕事関係者に限ってのことかもしれないけど。向こうが勘違いしてくれたんなら、わざわざ波風立てなくてもしばらくは様子見でいこう。特に仕事上問題がなければ、本当の性別を明かす必要はないんだし」

真嶋の言葉に晴輝も頷いた。

その一方で、もし獅子堂に晴輝がオメガだとばれたら、すぐさま契約解除を言い渡されるのだろうかと考える。

今朝の獅子堂の雰囲気だと、とてもそういうタイプの人間には思えないからだ。

切羽詰まっていたとはいえ、プライドの高いアルファが助けてほしいと晴輝に頭を下げたのである。舞那斗に心配をかけたくないと正直に話してくれたところも好感が持てた。

とはいえ、まだ会ってたったの一日。獅子堂について知っていることの方が少ない。

――好きものオメガが調子にのるなよ……っ。

唐突に、過去の嫌な記憶が脳裏を過った。

晴輝は思わずごくりと喉を鳴らした。嘲笑と自分を蔑む声が耳鳴りのようにわんわんと響いて軽い眩暈に襲われる。あの時のように、獅子堂の晴輝を見る目も一瞬にして手のひらを返すかのごとく変わるかもしれない。想像して、ぞっとした。

やっぱり、身内以外のアルファは信用できない。

その時、ドアが開いて、「ただいま戻りましたー」と、同僚が入ってきた。

晴輝の一つ年下で、もう一人の創業メンバーでもある楓真(ふうま)だ。顧客の旅行中にペットの世話を頼まれている彼は、朝の散歩を終えて一旦戻ってきたところだった。

「あ、晴輝さん。お疲れさまでーす。そうだ、例の作曲家さんの依頼って決まったの？」

「お疲れ。うん、決まったよ。今日から俺はしばらく獅子堂家中心の生活になるから、あまりここには顔を出せないと思うけど、あとはよろしく」

「了解でーす。確か、保育園に通う男の子がいるんだっけ？　子ども好きの晴輝さんにはうってつけのお宅だね。そうそう、例の作曲家先生ってどんな感じだった？」

ゆるめのパーマをかけた髪を指先でいじりながら、楓真が興味津々に訊いてきた。

「表舞台には出てこない仮面作曲家？　でも実は、シシドウアキラってかなりイケメンだって噂だけど。で、実際はどうだったの？」

「見た目はかっこいいんじゃないかな。……ビフォーアフターが違いすぎるけど」

後半は自分にだけ聞こえる声で付け足す。楓真が「やっぱり！」と、目を輝かせた。

普段はクールぶっているくせに、案外ミーハーなのだ。

「人気アーティストから売れっ子アイドルに俳優、モデルまで、結構派手に遊んでるって噂だよ。顔もいい、才能も有り余ってる、まさに典型的なモテアルファ！　でも、まさか子持ちとは思わなかったな。現在はシングルファーザーだっけ。元パートナーはやっぱり有名人？　候補がいっぱいいそうだけど」

あの人とか、あの人とか……と、楓真が指を折りながら数人の名前を挙げる。

「それ、全部噂だろ？」

「うん、ネット情報。晴輝さん、何か聞いてないの？」

「聞いてない。訊くわけないだろ、そんなプライベートな話。興味もないし」

ばっさり切り捨てると、しかし楓真は気にすることなく羨ましげに話を続けた。

「でもさ、かっこよくて魅力的なアルファと一つ屋根の下ってドキドキしない？　昔そんな恋愛ドラマがあったよね。アルファとオメガの運命の恋が始まる——ってやつ。『運命の番』って、ロマンチックだし、蚊帳の外のベータは憧れるんだよ。ねえ、真嶋さん」

突然話を振られて、目をぱちくりとさせた真嶋が苦笑する。

晴輝は冷めた気分だった。

運命の番とは、番になったアルファとオメガのうち、遺伝子相性率が百パーセントの組み合わせのことである。

しかし、現実にはそんな相性百パーセントの相手との遭遇率は限りなく低く、出会えること自体が奇跡とされている。ゆえに、今や都市伝説的な扱いだ。それこそドラマや漫画の中だけでドラマチックに描かれるファンタジー設定として用いられ、楓真のように番とは無関係なベータの中には憧れを抱いている者も多い。実際には、様々なデータの数字で示されている通り、この世のほとんどのアルファとオメガが運命に出会うことなくその生涯を終えるのである。

「獅子堂さんが晴輝さんの運命の相手だったりして」

楓真が冗談交じりに言った。晴輝は思わず噴き出した。

「まさか、そんなわけないだろ。運命の番なんて天文学的な確率なのに」

「でも、番にはなれるでしょ。そういえば晴輝さんの浮いた話って聞いたことないな。恋が始まるのはいつだって突然なんだよ。なんだったらもう始まってるかもよ、運命の恋」

「ありえない。大事なお客さん相手に失礼なことを言わないように。さてと、俺はそろそろ行かないと。書店で買い物を頼まれてるんだよ」

晴輝は腰を上げた。真嶋から追加で獅子堂に記入してもらう書類を受け取って鞄に入れる。

最後に楓真に向けて釘を刺しておいた。

「顧客の個人情報は絶対に外部に漏らすなよ。守秘義務だから」

「わかってるって。俺もプロですから」

楓真が子どものように唇を尖らせる。「いってらっしゃい」と手を振られて、晴輝は戸口に向かった。背後で楓真が「恋がしたーい！」と真嶋相手に嘆いている。確か今月に入ってから、彼はベータ女性との恋が終わったと言って落ち込んでいた。

「……恋か」

晴輝は独りごちる。途端に苦いものが胸に広がり、顔を顰めた。

恋なんて二度としたくない。あんな気持ちになるのはまっぴらだ。別にしなくたって生きていけるのだから、自分には必要ない。

そう言い聞かせて、過去から逃げるように雑居ビルの階段を駆け降りた。


向こう一ヶ月半の契約で住み込み家政夫の依頼を受けた晴輝は、当面の着替えだけを鞄に詰めて獅子堂家にやってきた。

生活用品など必要なものはすべてこちらで用意すると、獅子堂が言ってくれたからだ。

晴輝に与えられたのは、一階の奥にある八畳ほどの客間である。

フローリングの部屋は家具がすべて揃っており、獅子堂自らベッドシーツから枕カバーまですべて新しいものに取り換えてくれていた。クリーニング済みの高級羽毛布団まで出してもらい、一介の家政夫にはもったいないほどの好待遇である。

「わからないことがあれば声をかけてくれ。打ち合わせで出かける以外は、大抵は部屋で仕事をしているから。家の中のものは自由に使って構わないし、あとは君に任せる」

晴輝は思った以上に獅子堂に信用されているらしい。最初に「足りなかったら言ってくれ」と、十分すぎるほどの札束が入った分厚い封筒を渡されて、晴輝は獅子堂家にまつわる作業全般を任されたのだった。

獅子堂は相変わらず仕事が忙しいようだった。

仕事部屋にこもりきりの獅子堂に代わって、晴輝は舞那斗を保育園に送っていき、迎えの時間まではその日にやるべきことを粛々とこなしてゆく。

家事が一段落すると、ほったらかしの広い庭の手入れや埃が積もった書庫の整理をしたり、頼まれた買い物に出かけたり。時間があれば事務所に顔を出し、時折アパートに戻って部屋の空気の入れ替えをしたりした。

舞那斗を迎えに行き、帰宅したあとは一緒に夕食の準備に取りかかる。

「晴輝さん、こんなのになっちゃった」

舞那斗が初めて包んだギョーザを不安そうに見せてきた。皮が閉じきらず中の餡がはみ出ている。

「大丈夫だよ。ちょっと中身をスプーンで取って減らそうか。そうそう、それくらいでいいよ。そうしたら、指に水をつけて、皮のふちを濡らしていこう。上手、上手」

舞那斗の顔は真剣そのものだ。集中すると唇を突き出す癖があるのか、アヒルみたいでかわいい。

保育園から帰ったら、子どもらしくテレビを見たり、ゲームをしたりして過ごすのだと思っていた。ところが、舞那斗は晴輝の傍をくっついて回っている。初日に一緒にハンバーグを作

ったのがよほど楽しかったのだろう。それからも晴輝と一緒にキッチンに立ち、夕食の仕度を手伝うのが彼の日課になっていた。あとから聞いた話だが、初めて作ったハンバーグを獅子堂に「おいしかった」と褒めてもらえたことがとても嬉しかったらしい。

実は晴輝には別のもくろみがあった。

この一週間、獅子堂家で暮らしてわかったことがある。獅子堂は舞那斗の食事には気をかけている反面、自分のことに関してはほぼ無関心なのだ。

特に仕事に集中していると寝食を忘れて没頭するタイプだった。昼食を作って部屋に運んでも、晴輝が部屋に入ったことすら気づいていない時がある。皿の上が空っぽになっていたのであとから訊ねてみると、自分が何を食べたのか覚えていないなんてこともあった。

舞那斗や海外から心配して電話をかけてきた宝生の話によると、晴輝が来るまでの獅子堂は、とりあえず舞那斗にだけは食べさせて、自分は栄養ドリンクを胃に流し込むという食生活が当たり前だったらしい。ただでさえ睡眠不足なのに、そんな不摂生を続けていたら体を壊すに決まっている。今は晴輝がいるので安心して任せられると思っているのか、下手をすると舞那斗は一日獅子堂と顔を合わせずに終わる日もあった。そういう日はさすがに舞那斗が気の毒になる。寂しいけれど、忙しい父親に遠慮してぐっと我慢する六歳児の気持ちが伝わってきて、晴輝もどうにかできないかと考えた。

そこで、提案してみたのである。朝と夕、食事の時間だけは一旦仕事を切り上げて、リビングに出てきてもらえないだろうか。舞那斗と一緒に食事をとってほしいと。

家政夫として、依頼主の生活にそこまで口出ししていいものか悩んだが、父親を心配する舞那斗の気持ちを優先させた。晴輝も獅子堂の体が心配だったのだ。

獅子堂は最初は戸惑っていたものの、四日目あたりから遅れながらも夕食に合流するようになった。一週間経った今は、朝食と夕食の時間になると、獅子堂の方から進んでリビングに顔を出すようになっていた。舞那斗と一緒に作った食事というのも、効果があったようだ。

「今日はギョーザか。すごいな、これも舞那斗が作ったのか？」

テーブルに置かれた皿いっぱいのギョーザを見て、獅子堂が驚いたように言った。

「うん！　晴輝さんと一緒に作ったんだ。お父さん、こっちにはエビが入ってるんだよ」

舞那斗が得意げに話す。獅子堂は何か思い出したように一旦部屋に戻り、すぐに戻ってきた。手にはスマホが握られていた。

「写真を撮らせてくれ。ハンバーグは撮り忘れたからな」

獅子堂がギョーザをカメラに収める。途中から舞那斗も入るように指示し、最後はなぜか晴輝まで一緒に入って記念撮影に参加させられた。

和気藹々と食事をし、片付けを終えると晴輝は舞那斗と一緒に浴室に向かった。

当初は先に舞那斗を風呂に入れて、次いで獅子堂が入り、晴輝はすべて仕事を終えてから最後にもらうつもりでいた。ところが、獅子堂は毎晩決まった時間に入浴するわけではないため、それならいっそ、晴輝と舞那斗は一緒に入ってしまった方が効率的だという話になったのである。

九時を過ぎると、舞那斗はそろそろ寝る時間だ。目を擦り出した舞那斗を二階の子ども部屋に連れていって寝かしつける。

ここまでが舞那斗の世話だ。そしてここからは特別任務が待っている。

階段を下りると、リビングのソファには獅子堂が座っていた。

仕事が一区切りついたのだろう。獅子堂は読んでいた映画雑誌から顔を上げた。

「舞那斗は眠ったのか」

晴輝が二階にいる間にシャワーを浴びたのだろう。獅子堂はいつものグレーのスウェットからネイビーの寝間着用のスウェットに着替えていた。

「はい。ぐっすり眠ってます」

「そうか。ご苦労さま」

開いた雑誌に毛先からぽたぽたと雫が垂れるのが見えた。

「髪がまだ濡れてますよ。ちゃんと乾かさないと」

晴輝は急いで洗面所からドライヤーを持ってくると、立ち上がろうとした獅子堂を強引にソファに戻らせた。獅子堂が不満げに言った。

「これくらい、寝ている間に乾く」

「ダメですよ。濡れたままだと髪が傷みます。風邪をひいても困りますし」

ドライヤーのスイッチを入れて、タオルでおざなりに拭いただけの獅子堂の髪に熱風を当てる。項を覆うほど長い漆黒の髪は張りがあって、癖のないストレートだった。思ったよりも傷んでいないし、艶もある。もったいない。伸ばすにしてもきちんと手入れをすればいいのに。

前髪も長すぎて、せっかくの端整な顔が隠れてしまっている。本当に自分に無頓着な人なのだなと思う。アルファの武器をこんなにも無駄にしている人を初めて見た。

「この髪、切らないんですか？」

思わず訊ねると、獅子堂の頭が軽く上向いた。

「切ろうと思って忘れていた。仕事が忙しくて美容室に行く暇がない」

「行きつけの美容室がありますか？　代わりに予約を入れておきますよ」

「以前も予約を入れた日に急な打ち合わせが入ったんだ。その次も仕事でキャンセルをせざるを得なくなって、それから予約を取るのをやめた。あれは三ヶ月前だったか……？」

確かに伸びたなと、獅子堂が毛束を指で摘んで独りごちた。

「舞那斗くんも少し髪が伸び気味ですよね」

「……前の家政婦が辞める前に、あいつを散髪に連れていったはずだが」

「それって、たぶんもう二ヶ月以上前の話になりますよね。子どもも大人も、一ヶ月で大体一センチぐらい髪が伸びるんですよ。子どもは新陳代謝がいいですから、汗を掻きやすいですし、舞那斗くんもそろそろ散髪時期だと思います。今日も目に前髪がかかって邪魔そうだったんで、少しだけ切らせてもらいました。前髪以外は素人が下手に手を出すと不恰好になっちゃいますし、できれば今度、二人で一緒に美容室に行かれませんか」

「……そうだな。わかった、スケジュールを調整してみる」

すんなりと前向きな言葉が返ってきて、晴輝は意外に思う。

「明日にでも予約を入れておいてもらえるか」

「ああ、はい。もちろんです」

「ありがとう。そうか、舞那斗の髪がそんなに伸びていたのか。高雛くんに教えてもらわないと気づかないとは、情けないな」

途端に獅子堂が溜め息をついて項垂れた。晴輝は慌てて首を横に振った。

「いえ、そんなに落ち込まないでください。親御さんだって毎日忙しいんですから、なかなかお子さんの細かいところまで意識が向かないのは、他のご家庭でもよくあることです。俺もせ

つかく住み込みで働かせてもらっているので、舞那斗くんのことで何か気がついたことがあれば、その都度報告しますから」

ふいに獅子堂の頭が動いた。晴輝は急いでドライヤーの口を外に向けると、目線だけ振り返った獅子堂に「よろしく頼む」と言われた。

晴輝は微笑んで頷く。ふと思い出し、ドライヤーのスイッチを切った。

「えっと、舞那斗くんのことで実は気になっていることがもう一つあって。舞那斗くん、来年は小学生ですよね。保育園では、同い年の子の中には簡単な足し算とか引き算とかができたり、漢字も自宅で練習して書いたりできる子がいるみたいなんです。舞那斗くんはひらがな、カタカナは読めるんですけど、書くのが少し苦手みたいで……」

今日は保育園に迎えに行くと、どことなく舞那斗の様子がおかしかった。一緒に風呂に入って話を聞いたところ、本人からそんな悩みを打ち明けられたのである。

獅子堂が驚いたように振り返った。

「まだ保育園児なのに、今から小学校の勉強をしないといけないのか」

「ご家庭にもよりますけど、小学校に上がる前からおうちで算数の計算や漢字の練習をしている子は割と多いみたいですよ。俺も、過去に担当したお客様のお子さんが当時六歳だったので、お母様からそういう子育て事情を伺ったことがあります。もちろん、必ずしも必要というわけ

じゃないです。小学校の勉強を今からやらなくてもいいとは思うんですけど、できれば就学前の準備で、五十音のひらがなを練習したり、百まで数字を数えたり、そういうことはやっておいてもいいかもしれません」

「……そうなのか」

ゆっくりと首を元に戻して、獅子堂が再びがっくりと項垂れた。

「あいつも、今までそんなことは一言も言わなかったから、全然知らなかった」

「どう伝えていいのか、自分でもよくわからなかったのかもしれないですね」

実際、晴輝も舞那斗の気持ちを聞き出すのに時間がかかった。舞那斗はもじもじと恥ずかしそうにしながらも、拙い言葉で自分の気持ちを一生懸命に話してくれた。

保育園の友達が、いつの間にか自分の名前を難しい漢字で書いていたり、計算を披露して先生に褒められていたりするのを間近で見ながら、子どもなりに焦りや不安を抱えていたのだろう。でもそれを、忙しい獅子堂にはなかなか打ち明けられなかったのだ。舞那斗は意を決したように、真剣な眼差しで晴輝にこう言ったのである。

——晴輝さん、お願い。ぼくにお勉強を教えてください！

「本人がやりたいと言ってますし、これから舞那斗くんのお勉強の時間を設けてもいいでしょうか」

願い出ると、獅子堂は二つ返事で頷いた。

「高雛くんさえよければ、すまないが教えてやってくれないか」

「はい、もちろんです。それと、気になったついでに。舞那斗くん、下前歯の右側がぐらぐらしてますよね」

「虫歯か？」

「いえ」晴輝はかぶりを振った。「乳歯が抜けて永久歯に生え変わるんですよ」

「乳歯……。ああ、抜けるのはあのくらいの年頃なのか」

獅子堂が初めて知ったとばかりに言った。

「最近、ごはんが食べづらいみたいです。なるべくやわらかいものや噛み切りやすいものにしてるんですけど。でも、自然に抜けると思いますから、そんなに心配することはないですよ」

「そんなことになってたのか。気づかなかったな」

「歯が抜けたら見てあげてくださいね。成長している証拠なので」

「わかった。これからも何かあったら教えてくれ」

「もちろんです」と答えると、再び振り返った獅子堂がほっとしたように晴輝に頭を下げた。

「ありがとう。よろしく頼む」

切れ長の目を細めてやわらかく微笑まれると、どういうわけか胸が高鳴った。

慌てて目を伏せた晴輝は、ドライヤーのハンドルを折りたたんで口早に言った。

「……お、お父さんが毎日遅くまで仕事をしている姿を間近で見ているだけに、なかなか言い出せずにタイミングを逃してしまうのかもしれません。子どもながらに気を使っているんだと思いますよ。ほら、親子といっても、距離感はそのご家庭でそれぞれですから」

「俺と舞那斗は本当の親子じゃないんだ」

「え？」

それはあまりにも唐突な告白で、晴輝は聞き間違いではないかと自分の耳を疑った。

「あいつは兄夫婦の子どもなんだ。わけあって、二年前に俺が引き取った」

びっくりして言葉を失っていると、獅子堂は淡々とした口調で続けた。

「いろいろあって、舞那斗は当時のことをほとんど覚えていない。あいつをこの家に連れてきて、一緒に暮らしていくうちに、いつからか俺のことをお父さんと呼ぶようになった。俺もあいつを引き取ると決めた以上、きちんと父親としてやるべきことはやらなければと思っているんだが、なかなか現実はそう思ったように上手くはいかないな。二年も一緒に暮らしていながら、舞那斗のことを何も知らない。子どもに気を使わせて、言いたいことも言わせてやれないようじゃ、親失格だな。情けない……」

「そんなことないですよ！」

晴輝は咄嗟に口を挟んだ。

「情けなくなんてないです。親失格なんて言わないでください、獅子堂さんはいいお父さんですよ。舞那斗くんもちゃんとわかってます。獅子堂さんのことを、舞那斗くんはいつも楽しそうに話してくれるんですから」

振り向いた獅子堂と目が合った。ぽかんとする彼を見つめて言った。

「大丈夫です。一人で頑張らなくても、任せられるところは誰かに任せればいいんです。そのために俺がいるんですから。頼ってください。まずは、さっきもお話したように、舞那斗くんの勉強は俺が見ますね。獅子堂さんはこれまで通り、自分の仕事に集中してください。でも、ごはんはできるだけ一緒に食べましょう。その時に、その日何があったか、舞那斗くんの話を聞いてあげてください。舞那斗くんは、お父さんと一緒にごはんを食べることがすごく嬉しいんです。毎日、保育園から帰ったら張り切って夕飯の仕度を手伝ってくれるんですよ。お父さんは何が好きだとか、前にこれを食べていたとか。おかげで獅子堂さんの食の好みは舞那斗くんから教えてもらってます」

驚いたように目を瞬かせた獅子堂がふっと相好を崩した。

「……そうか。実はギョーザも好物なんだ」

「はい、知ってます」

「ありがとう。高雛くんのことをこれからも頼りにしてる」

嬉しそうに微笑まれた途端、再び心臓が激しく高鳴り始めた。晴輝はびっくりして、咄嗟に胸を押さえる。カアッと頬が火照るのが自分でもわかって、「じゃ、じゃあ、これ、片付けてきますね」と、逃げるようにドライヤーを持って洗面所に走った。

頬の火照りが収まるのを待ってリビングに戻ると、もう獅子堂の姿はなかった。

その代わり、仕事部屋の隣のドアが半分開いている。獅子堂の寝室だ。

午後十時半。獅子堂にしては早い就寝だ。ゆうべは遅くまで仕事をしていたので、晴輝の出番はなかったが、今夜はご所望のようだ。

「……失礼します」

ほのかな間接照明に浮かび上がるベッドに、すでに獅子堂は横たわっていた。傍には椅子が一脚。晴輝用に獅子堂が用意したものである。

晴輝はいつものように椅子に腰掛けた。

「今夜は何をうたいましょうか」

「そうだな、さっきも舞那斗にうたってやっていたあの歌を」

眠る準備は万全の獅子堂が告げる。

獅子堂がリクエストしたのは、晴輝が日頃から癖のように口ずさんでいる歌だった。そのせ

いか、今では舞那斗も覚えて、よく一緒にうたっている。

先ほども子守歌代わりにうたったのだが、どうやら吹き抜けになっているせいで階下のリビングにいた獅子堂にまで声が漏れ聞こえていたようだ。

晴輝の歌声に秘められた睡眠効果は、距離や音量によって多少変わるらしい。途切れ途切れに聞こえる程度なら、すぐに眠くなるほどではないという。

晴輝が大好きなその曲を、獅子堂にも気に入ってもらえたのが嬉しかった。

「かしこまりました。それでは、失礼して」

晴輝は深く息を吸い、優しさのある中にも切なさを感じる美しいメロディーをうたう。

ちょうどワンコーラスをうたい終えたタイミングで、すでにうとうとと意識を半分手放した状態の獅子堂がぽつりと言った。

「舞那斗は……随分と、高籬くんに懐いているな……」

「嬉しいですね。舞那斗くん、かわいいから」

晴輝が答えると、獅子堂がふっと微笑んだ。

「実を言うと、君に家政夫としての能力はさほど期待してなかったんだ」

目を瞑ったまま、夢心地のようなふわふわした口調で言った。

「家の中のことは、宝生が戻ってくればなんとかなる。それよりも先に、自分のこの厄介な不

眠症をどうにかしたかった。……眠れないことがストレスになって、仕事は進まないし、体もふらつくし……限界だった。もし、俺が倒れて入院でもすれば、舞那斗はこの家に一人になってしまう。それだけはどうにか避けたくて……君にかけたんだ。家政夫として役に立たなくても、正直そこはどうでもよかった。必要なのは君の歌声だった。言い方が悪いな……すまない。気を悪くしないでくれ……」

晴輝は首を横に振り、「大丈夫です」と告げる。

「でも、今は違うぞ。君の仕事ぶりは素晴らしい。舞那斗にもとてもよくしてくれて、感謝しているんだ。もちろん、君の歌声も素晴らしい。君のおかげで、久々にぐっすりと眠れた。君との出会いは、俺にとっても舞那斗にとっても幸運だったと思ってる。舞那斗は、高雛くんがうちに来てくれて、毎日がすごく楽しいと言っていたよ。晴輝さんはとても歌が上手で……テレビで見る芸能人よりも、歌もダンスもすごく上手くて、本当にかっこいいんだそうだ。ぼくも……あんなふうに、かっこよくなりたいと……言っていて……」

途切れがちだった口調がますます怪しくなってきて、晴輝は静かに微笑んだ。

「今日も一日お疲れさまでした。ぐっすり眠ってくださいね」

中断していた歌を再びうたい始めると、獅子堂が幸せそうに唇を引き上げた。

「……本当に、澄んだいい声をしている……耳に残る歌声なのに……もったいない……」

むにゃむにゃと最後は寝息に交ざって言葉が掻き消えた。

獅子堂が完全に寝入ったことを確認して、晴輝はそっと頬をゆるめる。

不思議なことに、晴輝の歌声には獅子堂だけに効く睡眠作用があるらしい。最初は半信半疑だったが、本当に毎回晴輝がうたうだけで、獅子堂は数分も経たずに眠りに落ちてしまうのだ。不眠症に悩んでいたとは思えないほど寝つきがよく、熟睡していた。

君のおかげだと、獅子堂の感謝の言葉が耳に残った。

獅子堂の役に立っているのなら、こんなイレギュラーなサービスも悪くないと思った。歌声を褒めてもらえるのは嬉しい。自分の声を求めてくれる人がまだいるとは思ってもみなかった。たとえ獅子堂が晴輝の過去を知らなくても、いや、知らないからこそ純粋にいい声だと言ってもらえたことが嬉しくて、久しぶりに心が高ぶっていた。

獅子堂が初めてプライベートな話を打ち明けてくれたことも、嬉しかった。

それだけ、獅子堂との距離が縮まっているのだろうか。晴輝を信頼してくれてのことだと思うと、身が引き締まる思いだった。

舞那斗との関係性は驚いたが、かえってますますこの親子を応援したくなった。

契約期間の間は、彼らのためにできる限りのことをしようと心に誓う。

その一方で、彼らに対して少しの後ろめたさも感じていた。

「テレビで見る芸能人よりも、か」

呟いた口から、思わず自嘲がこぼれた。

サイドテーブルの上に先ほど獅子堂が読んでいた雑誌が置いてあるのが目に留まる。ドキッとした。表紙を飾るのは、最近立て続けに話題作に出演している、とある若手俳優だった。晴輝にとっては、青春時代に互いに切磋琢磨したかつての仲間だ。咄嗟に雑誌から目を逸らした。胸に苦い記憶が蘇る。

八年経ってもまだ、自分は嘘をついている。

獅子堂は何も疑うことなく、晴輝をベータだと思い込んでいるに違いない。

その上、かつては『アルファアイドル』だと偽って、何万人のファンの前でうたったり踊ったりしていたのだと知ったら、嘘つきな晴輝をこの優しい親子はどう思うだろうか。

4

『シックスクラウンズ』といえば、今から十年前にメジャーデビューし、当時若い女性を中心に人気を博した元は六人組の男性アイドルグループである。

メンバー全員がアルファであることがウリで、容姿端麗、うたって踊れるアルファアイドルとして一躍人気者となった。

しかし、グループとしての活動期間は五年弱と短い。

晴輝はその『シックスクラウンズ』で、『ハル』の愛称で親しまれ、最年少メンバーでありながらメインボーカルとして活動していた。

十四歳の時に街中でスカウトされた晴輝は、当時、同世代の男の子を集めてアイドルグループを作りたかった事務所の企画に大抜擢された。それからあれよあれよという間にデビューが決まったのである。

ところが、晴輝は仲間であるメンバーにも秘密にしていることがあった。

アルファを集めたグループと言いながら、晴輝のバース性はベータだったからだ。

十歳になった晴輝のバース診断書に、最初に記載されていたのは、ベータ性だった。

アルファの両親を持ち、自らも恵まれた容姿に知能を兼ね備えていた晴輝は近所では有名な神童だった。両親も何かの間違いだろうと軽く受け止めていたし、晴輝も最終的にはアルファ判定が出るに違いないと信じていた。両親の教えで晴輝は当然のようにアルファとして振る舞い、周囲も誰も晴輝の性を疑わなかった。

しかし、その後も一年に一度の検査を受けたが、なぜかすべてベータ判定だった。少し不安を覚えるようになった頃、芸能事務所のスカウトマンに声をかけられたのだ。

――今、アルファの魅力的な男の子を探していたんだ。君、絶対そうでしょ？　他の人とは明らかにオーラが違ってるもんね。遠目にも輝いていたよ。

そんなふうに言われて、嬉しかったのだ。やはり自分はアルファの血を引いているのだと自信が持てた。

晴輝がベータ性であることは、当時の事務所の社長とマネージャーだけが知る秘密だった。彼らも、晴輝の両親がアルファ性であることに加えて、晴輝自身の端整なルックスに着目し、バース検査の結果は何かの間違いだろうと判断した。いずれはアルファ性の判定が出るに違いない。そう信じた社長は、晴輝を『シックスクラウンズ』のメンバーに正式決定したのである。

晴輝も自分を信じ、これまで通りアルファとして振る舞い続けた。

アルファと偽って活動していれば、そのうち自分の中で眠っていたアルファの性が目覚め、

次の検査結果では望む判定を得られる気がしたからだ。本物のアルファである他のメンバーたちに迷惑をかけないよう、常にアルファらしく見せるために必死だった。

父親譲りの手足の長いモデル体形に、母親譲りの華やかで人目を引く甘い顔立ち。加えて努力家の晴輝は、高いボーカル力とダンスセンスが注目されて、グループの中でも一、二位を争う人気ぶりだった。

アルファだらけのメンバーの中にいてもまったく見劣りせず、ファンからは王子様のように崇められ、晴輝もそれに応えようとがむしゃらに頑張った。

『シックスクラウンズ』は、結成二年目にして数々の新人賞を総なめにしたあとは個々の活動にも力を入れていくことになった。晴輝はいち早くソロデビューが決まり、ますます忙しくなり始めたそんな時だった。

十七歳になり、密かに受けたバース検査の結果が届いたのである。

――あなたのバース性は、〈オメガ〉です。

何かの間違いだと思った。別の誰かと検査結果を取り違えたのではないか。

信じられなくて、晴輝は再度検査を受けた。しかし、結果は変わらなかった。

オメガの判定が出れば、もうこの結果は確定される。今度こそアルファ性が出るだろうと内心期待していただけに、まさかベータどころかオメガの判定になるとは、夢にも思っていなか

った。

もう一生、この運命からは逃れられない。オメガとして生きていくしかないのだ。

目の前が真っ暗になった。

どちらにせよ、ファンを裏切っていたことに変わりない。ただでさえ偽りのアイドルだったのだ。これでアルファの結果が出ていたら、また違っていただろう。晴れて胸を張って堂々とアルファアイドルを名乗っていたはずだ。

もはや誤魔化しが利かないところまで追い詰められていた。これ以上、仲間にもファンにも嘘をつき続けるのはつらい。何より晴輝自身、最終的にアルファ判定が出ることを信じ、それを心の支えにしてこれまでやってきたのだ。その希望が完全に潰えた今、どうしたらいいのかわからなくなる。もう自分のメンタルが持ちそうになかった。限界だ。

頭の中に『引退』の二文字が過る。

世間にオメガだとばれた自分を想像して、ぞっとした。これから訪れるだろう発情期のことを考えると、怖くてたまらなかった。噂に聞くように、ヒートのたびに飢えた獣のごとく性交のことしか考えられない体になってしまうのだろうか。

そんなのは嫌だ。恐怖でしかない。

どうして第二の性なんてものが存在するのだろう。

差別などくだらないと思っていた。性に囚われることなく、誰もが自分のやりたいように生き、努力次第でアルファにも負けない力を手に入れられると信じていた。

だが、今考えると、ベータとして完璧なアルファに見劣りしないように、常に気を張って頑張ってきた晴輝は、心の中ではすぐに自分もそちら側の人間になるのだと気楽に考えていた。今、オメガであることにひどくショックを受けているのが、自分もまた第二の性に囚われている証拠だ。オメガを下に見ていた。

これからは自分がその立場になるのだ。

怖くて怖くて仕方ない。誰かにすがりたかった。大丈夫だと、優しく励ましてくれるあの腕に抱き締めてもらいたい。

ふいに声がした。

晴輝ははっと顔を撥ね上げた。彼の声だとすぐにわかった。

ここ数日の様子がおかしい晴輝を心配して、相談にのってくれたのが彼だった。グループの最年長で、頼れるリーダー。晴輝が一番信頼している相手で、向こうも最年少の晴輝をいつも気にかけてくれていた。二人で食事をしたり、互いの家を行き来したりして、たくさん相談にものってもらった。家族よりも長い時間を一緒に過ごし、いつからか仲間以上の気持ちを抱くようになっていた。生まれて初めて誰かを好きだと自覚した、密かに恋心を抱いていた相手だ

った。

今回の件で、追い詰められていた晴輝は、思い切って彼にだけ自分の本当の性を打ち明けたのである。

晴輝の告白を聞いて、彼も最初は驚いていたが、「心配ない」と優しく微笑んでくれた。

——バース性がなんであろうと、ハルは俺たちの大事な仲間だから。心配しなくても、お前のことは俺たちが守るよ。

そう言ってくれて、本当に嬉しかったのだ。

今日の仕事は現場が別々のはずだが、事務所に何か用があったのだろうか。

思いがけず彼に会えると知って、落ち込んでいた心が一気に弾んだ。

屋外避難階段の踊り場から下を覗き込む。一つ下の階に彼がいた。一緒にいるのはマネージャーだ。

晴輝は急く気持ちを抑えて静かに階段を下りた。数段下ったところで、二人の会話が聞こえてきた。晴輝は思わず足を止めた。自分の話をしているのだとすぐに気がついた。嘲笑う声が響く。聞いたこともないようなきつい語調で、彼が言った。

——オメガのくせにアルファと肩を並べて歩くなんて、おこがましいにもほどがある。好きものオメガが調子にのるなよ……っ！

カツンと、靴音が鳴って、二人がこちらを見上げた。それから先は、どうやって自分があの場から立ち去ったのかよく覚えていない。

その後、晴輝は事務所と相談し、これ以上の活動は無理だと伝えた。

それまでは晴輝がアルファである可能性に懸けていた社長とマネージャーも、オメガだとわかったあとの判断は早かった。

このことが世間にばれては大騒ぎになるのが目に見えている。むしろ本格的にソロ活動にのり出す前にわかってよかったのだ。更に多くの人たちに迷惑をかけることになるし、場合によっては多額の違約金が発生する可能性もある。そうなる前に、晴輝を排除してしまおうと考えた事務所側は、晴輝の申し出をあっさりと受け入れたのだった。

結局、晴輝は体調不良によりグループ脱退という形で世間に公表された。

実際に、オメガだとわかってからは体調を崩し、まともにステージに立てない状態が続いていた。メンバーには一人を除いて本当の脱退理由は説明されていない。社長の指示だった。そのまま芸能活動を引退した晴輝は、当時から海外で事業を営んでいた両親のもとに逃げるようにして一旦身を移し、日本の芸能界からは完全に距離を取ることになったのである。

それから二年ほど経って、『シックスクラウンズ』が解散したことを、当時暮らしていたボストンの街で偶然知った。メンバーそれぞれが新しい道に進むためというのが、解散理由だっ

た。

　当時のメンバーの三人は、現在も芸能界で活動していると聞いている。

　一方の晴輝は、帰国後も意識して芸能情報には触れてこなかった。あの華やかな舞台に戻りたいと思ったことは一度もない。

　離れてみて気がついたのだ。ちやほやと周囲にもてはやされ、尽くされるよりも、自分は困っている人を裏方で支える方が性に合っている。〈いえもりや〉で働いている今の自分が好きだった。家族の土台となる家事を任されて、笑顔でありがとうと言ってもらえるこの仕事に誇りを持っている。もう完全に以前の仕事に未練はなく、別世界のことだと切り離して考えていた。

　それでも、いまだに時々あの頃のことを夢に見る。

　心底信頼していた相手に、突然手のひらを返して蔑みの目を向けられる恐怖。

　下卑た笑い声と胸糞悪くなる侮蔑の言葉。

　思い出すだけで息苦しくなって、胸が張り裂けそうになる。

　あとになって、彼が本当は晴輝を疎んでいたのだと知った。いい相談相手を演じながら、本心では当時グループ内で一番人気があった晴輝のことが邪魔で仕方なかったのだ。事務所が晴輝のソロ活動に一番力を入れていたことが、また余計に気に食わなかったらしい。

たぶん、晴輝が自分に恋心を寄せていることに、彼は気づいていたのだろう。

でも、晴輝は彼に嫌われていた。意を決してオメガだと打ち明けた時、口では優しい言葉で晴輝を励ましながらも、内心は大笑いしていたのだろう。オメガのくせにと。

——好きものオメガが調子にのるなよ……っ！

胸がずたずたになるくらい傷つき、声がかれるほど泣いた。

もうあんな思いは二度としたくない。

自分に恋愛なんて必要ない。そんな経験がなくても別に困らない。今は薬を使えばヒートをコントロールできるし、一生誰ともセックスしなくても、穏やかに生きていければそれで十分だ。

恋なんて二度とするものか。

十七の時にそう心に誓ったまま、八年経った今も、晴輝の気持ちは変わらないままだ。


夕食の準備がちょうど終わった頃、玄関ドアが開く気配がした。

「ただいまー！」

元気な声が聞こえて、トタトタと走る足音が近づいてくる。笑顔でリビングに姿を見せたの

は舞那斗だった。

「おかえり」

晴輝も笑顔で迎える。今日、舞那斗は保育園から帰宅したあと、予約時間前にギリギリで仕事を終わらせた獅子堂に連れられて美容室に出かけていたのである。

「見て見て、晴輝さん。髪切ってきたよ」

イメージチェンジした舞那斗がかわいらしいポーズをとってみせる。

「おっ、すっきりしたね。すごい、かっこいいよ」

晴輝は舞那斗の新しいヘアスタイルを褒めた。これまでの坊ちゃん刈りもかわいかったが、涼しげな短めのツーブロックもよく似合っている。前髪が短いので、きりっとした眉が覗いて、子どもらしさ全開のヘアスタイルだ。

照れくさそうに笑う舞那斗の後ろから、長身の影がぬっと現れた。

「あ、獅子堂さんもおかえりなさい……」

晴輝は思わず凝視してしまった。獅子堂が舞那斗以上に変身して戻ってきたからだ。

ライオンの鬣のようだったぼさぼさヘアが、軽くパーマをかけて、爽やかだが色気のあるセンター分けのヘアスタイルに様変わりしていた。前髪を掻き上げながら横に流すスタイルは、野性味のある美貌を一層ワイルドで色気溢れる大人の男に演出し、息をのむほどに魅力的だ。

言葉をなくして見惚れていると、獅子堂が怪訝そうに言った。

「どうした？　俺の顔に何かついているか？」

我に返った晴輝は慌ててかぶりを振った。

「いえ、その……あまりの変わりようにびっくりしてしまって」

「この髪形のことか。やっぱり変か？」

「全然変じゃないです！　とてもお似合いです。むしろかっこよすぎて、思わず見惚れてしまったぐらいで……」

正直に告げると、獅子堂が一瞬きょとんとした。舞那斗が誇らしげに言う。

「でしょ、晴輝さんもそう思うよね。ほら、お父さん。心配しなくてもすごくかっこいいよ！ね、晴輝さん」

「うん、かっこいい。すごくかっこいい！」

「美容師さんも、テレビに出ている俳優さんよりもかっこいいって言ってたもん」

「確かに。獅子堂さんは華がありますからね。長い髪で顔を隠しているのがもったいないって、俺もずっと思ってたんですよ」

舞那斗と一緒になってはしゃぐと、獅子堂はしきりに鼻の下を指で擦り、困ったように首を傾げていた。どこか居心地悪そうにしてみせるのも、彼なりの照れ隠しだろう。二人がかっこ

いい、かっこいいと言いすぎたせいか、獅子堂は逃げるように洗面所に行ってしまった。

三人で夕飯を食べたあとは、晴輝は舞那斗と一緒に風呂に入った。

舞那斗は美容室での獅子堂の変身によほど興奮したのだろう。自分がカットしてもらったことよりも、父親がカットされるのを見ていた時の話ばかりしていた。

泡だらけの体をシャワーで流しながら、一緒に歌をうたっていると、突然ゴンッと脱衣所から物音がした。

なんだろうか。晴輝と舞那斗は無言で顔を見合わせる。

二人でそっと浴室のドアを開けると、そこにいたのは獅子堂だった。バスタオルがしまってある棚に、なぜか額からぶつかるような恰好でもたれかかっている。

「お父さん、何してるの？」

舞那斗が不思議そうに訊ねた。

「……いや、タオルをしまおうと思ったんだが、歌が聞こえてきて……」

舞那斗はぽかんとしていたが、晴輝はすぐに獅子堂が言わんとすることに気がついた。

「す、すみません。まさか獅子堂さんが聞いているとは思わなくて」

「いや、いいんだ。これは俺のミスだ」

獅子堂がふわあとあくびをしながら苦笑する。派手にぶつけたのだろう額が赤くなっていた。

原因は間違いなく晴輝の歌声である。

以前にも同じようなことがあったのだ。料理中に調子がのってきて、つい歌を口ずさんでいたら、突然ゴンッと物音がしたのである。防音設備の整った仕事部屋からたまたまトイレに出てきた獅子堂が、先ほどのように壁に頭をぶつけていたのだった。不意打ちで晴輝の歌声を耳にしてしまい、急激な睡魔に襲われたためだ。

ふらつきながら脱衣所を出ていこうとする獅子堂に、晴輝は心配になって声をかけた。

「大丈夫ですか？」

「ああ、平気だ。ちょっと意識が飛びそうになっただけだから」

獅子堂がバツが悪そうに答える。舞那斗がいいことを思いついたとばかりに言った。

「そうだ、お父さんも一緒にお風呂に入ろうよ」

「え？」と、晴輝は思わず舞那斗を見た。それはさすがに無理だろう。

ところが、獅子堂は少し考えるそぶりを見せたあと、頷いて言った。

「……そうだな。眠気覚ましにシャワーを浴びるか」

ぎょっとしたのは晴輝である。まさか獅子堂も一緒に風呂に入るのか。

内心動揺していると、獅子堂がちらっと確認を取るように晴輝を見てきた。舞那斗は両手を上げて喜んでいるし、家主が自分の家の風呂に入ることに文句を言えるはずがない。

獅子堂家の浴室はとんでもなく広い。それこそ、大人二人と子ども一人が入っても狭さを感じない大きな円形のバスタブと、それ以上に広々とした床面積の特注仕様だ。ちなみに、晴輝が暮らすアパートの浴室はこの家の脱衣所よりももっと狭い。

広さ的にまったく問題はないので、晴輝は獅子堂の入浴を拒むことはできなかった。獅子堂はさっそくシャツのボタンを外し始めている。

晴輝は急いで浴室に戻ると、まだ泡が残っている舞那斗の体を洗い流した。自分もシャワーを浴び、舞那斗を連れてバスタブの中に入る。と、ちょうどそのタイミングで獅子堂が浴室に入ってきた。

湯気に紛れて、ギリシャ彫刻のような立派な裸体が現れる。

普段の伸びきったスウェットの上からでも逞しい体つきは見て取れたが、太い首にがっしりとした肩は筋肉が盛り上がっていて、中でもその厚い胸板に目を奪われる。海外で見かけたような外国人男性と比べてもまったく見劣りしない均整のとれた体躯をしていた。

これがアルファの体か――。

晴輝は無意識にごくりと喉を鳴らした。

かつて偽アルファとして世間を騙していた晴輝は、本物との違いをまざまざと見せつけられたような気がした。オメガにしては恵まれた体躯をしている晴輝だが、獅子堂のそれは次元が

違う。どれだけ必死に鍛えても、これほどがっしりとした骨格と逞しい肉体はオメガの自分には到底手に入らない。

そして、晴輝の視線は引き寄せられるようにして、獅子堂の綺麗に割れた腹筋の下へと滑り落ちた。その堂々たる立派な男性器を前に、再び喉が浅ましく鳴った。

ふいにカアッと全身が熱くなり、晴輝は湯をバシャバシャと顔にかけた。

過去には楽屋やレッスン場で、アルファの半裸を嫌になるほど目にしていた時期があったのに、こんなふうに動揺するのは初めてだ。

意識を逸らすために舞那斗とのしりとりに集中していると、体を洗った獅子堂がバスタブに入ってきた。

円形のバスタブに、舞那斗を間に挟んで三人並んで浸かる。

落ち着かない。そろそろ上がろうかと舞那斗に声をかけようとしたら、先に舞那斗がそわそわとした口調で切り出した。

「ねえ、お父さん。晴輝さんにあのこと話した？」

「うん？　ああ、まだ話してないな」

なんだろうか。晴輝がきょとんとしていると、舞那斗が嬉しそうに言った。

「あのね。明日、お父さんが水族館に連れていってくれるんだって」

「え、そうなの？　よかったね」

晴輝は微笑んだ。舞那斗は今日獅子堂と美容室に行くのを昨日から楽しみにしていた。明日も二人で出かけるのだと聞いて、晴輝も自分のことのように嬉しくなる。

「晴輝さんも一緒に行こうよ」

「俺も？」

思ってもみなかった誘いに、晴輝は戸惑った。目が合った獅子堂が笑って言った。

「毎日世話になっているから、たまには家政夫を休んで、気分転換に出かけないか」

家政夫の業務内容は家庭によってまちまちで、顧客との間でその都度話し合って決めるのが一般的だ。これまで子どもを公園に連れていって遊ばせることはあっても、一緒に遊びに行こうと誘われたのは初めてだ。

せっかくの親子水入らずなのに、自分が一緒に行ってもいいのだろうか。

「ねえ、晴輝さんはお魚好き？」

「あ、うん。好きだよ」

「イルカさんもいるんだって。一緒に見に行こうよ。お願い、晴輝さんも一緒がいい」

キラキラした大きな目で上目遣いにお願いをされると、断る方が酷な気分になる。獅子堂までが、「イルカやペンギンのショーもあるらしいぞ」と、追い討ちをかけてきた。くしくも、

晴輝のスマホの壁紙はペンギンの写真である。

「じゃ、じゃあ、一緒に参加させてください」

舞那斗が「やったー」とバンザイをして立ち上がった。その拍子に、つるっと湯船の中で足を滑らせる。

「危ない！」と、晴輝は咄嗟に舞那斗を支えようと両手を伸ばした。

「危ない！」反対側から、素早く伸ばされた獅子堂の両腕が舞那斗を抱きかかえる。互いに舞那斗しか見ていなかったせいで、晴輝と獅子堂はバスタブの中央で盛大な水飛沫を上げてぶつかった。

気がつくと、二人は舞那斗を間に挟んで抱き合っていた。

「――っ！」

晴輝は弾かれたように獅子堂から体を離した。ところが、今度は晴輝が湯に足を取られる。がくっと大きく上体が傾き、咄嗟に息をのんだ次の瞬間、がっしりとした筋肉質の腕に抱き留められた。

「大丈夫か」

獅子堂の顔がすぐ近くにあって、一瞬息が止まりそうになる。

「――だ、大丈夫です。すみません。舞那斗くんは、大丈夫？　そろそろ上がろうか」

急いで自分の足で立って、舞那斗に声をかけた。舞那斗が頷いたのをいいことに、獅子堂に口早に告げる。

「じゃあ、俺たちは先に上がりますね。獅子堂さんはゆっくりしてください」

頬が熱い。まともに獅子堂の顔を見ることができない。

晴輝は舞那斗を連れて浴室を出た。バスタオルで体を拭いてやっていると、舞那斗がしゅんとした様子で「さっきはごめんなさい」と言った。

「ぼくを助けようとして、晴輝さんまで転びそうになっちゃったから。ごめんなさい」

「俺は大丈夫だよ。舞那斗くんに怪我がなくてよかった」

晴輝は微笑んで、舞那斗の頭を撫でた。舞那斗がほっとしたように笑う。

「晴輝さんも、お父さんが助けてくれてよかったね」

「……うん」

「晴輝さん、どうかした？　顔が真っ赤だよ」

「そ、そうかな？　お風呂に入って体がぽかぽかあったまってるからじゃないかな。舞那斗くんもほっぺがピンク色だよ」

「うん、暑いもん。晴輝さんは真っ赤でタコさんみたい。水族館、楽しみだねえ。タコさんもいるかな」

舞那斗に先にパジャマを着させて、晴輝も急いで体を拭いた。体の火照りがなかなか収まらない。ふとタオルを巻きつけた腰に異変を感じた。タオルの隙間から覗く自分の下肢が目に入りぎょっとする。

細身の性器が僅かに勃起していた。

「——ッ！」

晴輝は慌てて舞那斗から隠すように背を向けると、急いで下着を身につけた。

舞那斗を寝かしつけたあと、晴輝は早々に自室にこもった。

獅子堂は、今夜のうちに残っている細かい作業を片付けてしまうそうで、先に寝ていいと言われた。なので、子守歌係は休みだ。

助かったと思った。

獅子堂は基本的には寝室で眠るが、仮眠をとりたい時はリビングのソファに横になる。こんな調子で、もし獅子堂に膝枕をねだられでもしたら、言い訳のしようがない。

浴室でのことが脳裏にまざまざと蘇った。

獅子堂の濡れた素肌の感触。抱き留めてくれた逞しい二の腕に、頬をぶつけてしまった分厚い胸板。思わず指で溝をなぞりたくなる美しく割れた腹筋。そしてその下の——。

たちまち下腹部に熱が溜まるのがわかった。

恋愛感情は抜きにしても、自分は女性のやわらかな体よりも、男性の引き締まった筋肉に目を奪われる人間であることに、うすうす気づいてはいた。

晴輝は息を荒らげながら急いで下肢を露わにすると、ベッドに腰掛けた。

すでに浅ましく勃ち上がった先端から、とろりと透明な雫が溢れ出していた。

おずおずと手を伸ばし、細身の肉茎に触れる。

途端にぞくっと全身に甘い痺れが駆け抜けた。

そういえば、自慰をするのは何日ぶりだろう。随分と久しぶりだった。獅子堂家に住み込みで働き始めてから二週間近くが経ったが、その間一度もしていないことを思い出す。

オメガだと判明して、マスコミに追われる前に日本から逃げるようにしてアメリカに渡った晴輝は、それからまもなくして訪れた初めての発情期にひどく苦しめられた。

あんなに我を忘れるほど全身が何者かを欲して高ぶり、気絶するほど自慰を繰り返してもまだ疼きが収まらないような経験は地獄でしかなく、本気で自分は死んでしまうかもしれないと恐怖に震えた数日間だった。

その後、向こうで知り合ったオメガの友人に相談し、オメガ専門のクリニックを紹介してもらった。

海外では、抑制剤と並行して、オメガのヒートを少しでも軽くするために、己の体質をよく知り、自分に合ったフェロモンコントロールを身につける考え方が進められている。

晴輝の場合は、性交渉が未経験だったため、薬を飲みつつ、週に二、三度の自慰で定期的に劣情を散らすことでヒートの症状が大幅に軽減される体質だということがわかった。

それ以来、パートナーのいない晴輝は自身で適切な性欲処理を行いつつ、ヒートと上手く付き合ってきたのである。

ところが、ここ最近はそれを怠っていた。一日の仕事を終えて自室に戻ると、ベッドに横になるやいなや、あっという間に眠りに落ちてしまう毎日だった。獅子堂のことを言えないほどの寝つきのよさである。また、ここが自宅ではなく獅子堂家であることも、恥ずかしい自慰という行為が頭からすっかり抜け落ちていた原因だった。

その反動が出たのかもしれない。

獅子堂の裸体を見た瞬間、これまで沈黙を保っていた劣情が一気に噴き上げてくる感覚があったのだ。

「……ん……っ」

ぎこちない動きで陰茎を握った手を動かす。久しぶりすぎて、すぐに覚えのある快楽に没頭した。

滴り落ちる体液ごと激しく擦りながら、頭の中に獅子堂の逞しい裸体を蘇らせる。

途端にこれまで感じたことのない興奮が込み上げてきた。半ば事務的に行っていたものとは違って、頭に思い浮かべた特定の相手に促されるかのごとく夢中で両手を動かす。

静まり返った部屋に卑猥な水音が鳴り響く。濡れた息を吐き出し、もうあと少しで放ってしまいそうなところまで自分を追い詰める。

「……っ」

晴輝は急いでサイドテーブルに手を伸ばした。ところが、引き寄せようとしたティッシュボックスを誤ってテーブルの向こう側に落としてしまう。ああ、もう。歯痒く思いながら腰を浮かした次の瞬間、ラグの上に脱ぎ捨てたハーフパンツに足を取られた。ずるっと滑って、床に転がる。

ドアをノックする音が鳴ったのはその時だった。

「高雛くん？　どうした、何か大きな音がしたが」

ぎくりとした。獅子堂だ。間が悪いことに、ちょうど仕事部屋から出てきていたのだろう。物音を聞いて駆けつけてくれたのだ。

晴輝は焦った。ドアを開けられたら一巻の終わりだ。

「——だ、大丈夫です。ちょっと、躓いただけですから」

床で固まったまま、上擦った声で答えた。

「もう寝ますので、おやすみなさい」

お願いだから一刻も早く自分の部屋に戻ってほしい。息を詰めてそう願っていると、ドアの向こう側から「そうか、わかった」と声が返ってきた。「それじゃあ、おやすみ」

ほっと胸を撫で下ろす。獅子堂の気配が消えたのを確認し、晴輝は肺に溜まった空気をすべて吐き出すと、体を起こした。引き寄せた足に違和感を覚えたのはその直後だった。ベッドから半分床に落ちていたタオルケットまで一緒に引っ張ってしまい、その上に重ねて置いてあった単行本が宙に放り出されるのが見えた。昼間に書庫から借りて部屋に持ち込んだものである。四冊ほどまとめて滑り落ち、ゴトゴトッと、重たい音を響かせた。

しまった——晴輝は咄嗟に息をのんだ。獅子堂はもう部屋に戻っただろうか。どうかこの音が聞こえていませんように——。

数秒の静寂の後、ドアをノックする音が鳴り響いた。

「高雛くん？　今のはなんの音だ。すごい音がしたぞ。大丈夫か？　……入るぞ」

「ダ、ダメです、待っ——」

制止するより早く、ドアが開けられた。晴輝は無我夢中でタオルケットを引っ張り、間一髪で剥き出しの腰を隠した。

床に蹲っている晴輝を見て、獅子堂が顔色を変えた。

「高雛くん、どうしたんだ」

すぐさま駆け寄ってきた獅子堂が、晴輝の傍に膝をついた。

「な、なんでもないんです。本当に大丈夫ですから……」

「なんでもないわけがないだろう」

焦る晴輝の言葉を遮って、彼は怒ったように言うと、心配そうに顔を覗き込んできた。

「腹が痛いのか？　とにかく、ベッドに横になろう」

言うやいなや獅子堂が晴輝の体を抱き上げる。止める暇もなく、強引に抱え上げられた晴輝の腰からタオルケットがはらりと滑り落ちた。

「あっ――」

何も身につけていない下肢が露わになる。晴輝を横抱きにして立ち上がった獅子堂が、一瞬言葉を失い、目を瞠った。

全部見られてしまった――。

せっかく隠したのに、なんの意味もない。もはや丸見えだ。自分の体液でべとべとに汚れている股間は、寸前まで何をしていたのか一目瞭然だった。晴輝は激しい羞恥に泣きたくなった。

しかもこの緊張で性器は萎えるどころか、恥ずかしげもなくますます硬く勃ち上がっているの

だから、言い訳のしようがない。

「す、すみません、ごめんなさい。お、下ろしてください、見ないで……っ」

蚊の鳴くような声で懇願する。さすがの獅子堂も状況を察したのか、黙って晴輝をベッドに座らせた。タオルケットを拾い上げて、そっと晴輝の股間にかける。

恥ずかしすぎて顔を上げることもできない。獅子堂もさぞ困惑していることだろう。気を利かせて、すぐにも部屋を出ていってくれると助かる。

ふいにベッドが大きく沈んだ。

咄嗟に顔を上げると、どういうわけか獅子堂が隣に腰かけていた。

「この家に来てもらってから、俺たちの世話で忙しくて、なかなか自分の時間を持つことができなかったんじゃないか」

同情めいた声が言った。

「まだ若いのに、君の体調を気遣ってやれなくて申し訳ない。こういうのは、適度に発散できないとつらいからな」

獅子堂の目がちらっと晴輝の股間を捉える。たちまちカアッと頭に血が上り、晴輝は獅子堂の視線を遮るように両手でタオルケットの上からそこを押さえた。

「だ、大丈夫ですから。もう、本当に……俺のことは構わず、仕事に戻ってください」

「仕事なら、ちょうど一区切りついたところだ。喉が渇いたから、寝る前に水を一杯飲もうと思ったら、この部屋から大きな物音が聞こえてきてびっくりしたんだ」

「……す、すみませんでした。ちょっと躓いて、転んだだけなんです」

獅子堂の視線がゆっくりと部屋を巡り、サイドテーブルの向こう側に落ちたティッシュボックスを見つける。「ああ、なるほど」と頷いた。自分の行動がすべて見透かされているみたいで、晴輝はいたたまれなくなる。

「転んでどこかぶつけてないか？」

「いえ、大丈夫です。なんともないですから、平気です」

「そうか。けれど、こっちは随分と苦しそうだぞ」

ふいに獅子堂が顔を寄せてきて、晴輝の耳もとで囁いた。

低めの甘い声に鼓膜をくすぐられて、ぞくんと背筋が甘くよじれた。たまらず熱っぽい息を吐き出すと、晴輝の手の上に獅子堂が自らの手を重ねてきた。手の甲を撫でられているうちに、いつの間にか股間を覆っていたタオルケットが抜き取られていた。

指の隙間から獅子堂の長い指が忍び込み、腹につくほど反り返った性器の裏筋をつーっとなぞった。

途端に電流のような痺れが走り、晴輝はびくっと体を大きく震わせた。

「んっ、ぁっ」

恥ずかしいほど濡れた声が鼻から抜けた。慌てて口もとを手で覆う。しかし、獅子堂は晴輝の反応を試すかのように、敏感な裏筋をしつこくくすぐってくる。初めての他人の指による刺激は強烈で、予測できない動きに晴輝は翻弄された。声を抑えたくても漏れ出るのを止められない。たまらず腰をよじった。

「や、だ……ふっ、う……ダ、ダメです。そこ、さわらないで……っ」

「どうして？　ここをこんなに硬くして君もいいかげんつらいだろう。余計なことは考えず、感じるままにすればいい」

硬く張り詰めた茎の先端からとろりと体液が溢れ出す。小刻みに震えるそこを指先で抉るようにされて、晴輝は背を仰け反らせた。

「いつも俺たちの世話をしてくれているんだ。おかげで俺の不眠はすっかり解消した。だがその一方で、君には不自由な思いをさせてしまっていたんだな。君には感謝しているんだ。たまには俺にも世話をさせてくれ」

獅子堂は晴輝の指に自分の指を絡ませると、包み込むようにしてぎゅっと性器を握ってきた。

「あ……っ……！」

鋭い快感に目がくらむ。

「この体勢だと少しやりづらいな」と呟いた獅子堂が、おもむろにベッドに乗り上げた。

気配が背後に流れたかと思うと、いきなり腰を掴まれて引きずり上げられる。びっくりする晴輝を獅子堂はベッドの中央まで引き寄せると、自分の長い脚の間に導いた。背後から獅子堂に抱き込まれるような恰好で座らされる。

背中に重みがのしかかり、くっついた背中越しに獅子堂の体温や少し速めの心音までが伝わってくる。

「君は、なんだかとてもいいにおいがするな」

首筋を嗅ぐような仕草をされて、晴輝は焦った。今はヒートではないので、晴輝の体から過剰にフェロモンが出ているわけではない。だが万が一ということがある。仮にオメガのフェロモンが作用して、獅子堂がアルファの性に抗えない事態にでもなったらどうしようかと気が気でない。

しかし、知らず知らずのうちに劣情を溜め込んでいた晴輝の体は、自分でも驚くほど欲望に忠実だった。

自慰だけでは得られない他者から与えられる快楽に、晴輝はあっという間に骨抜きになった。獅子堂がくれる巧みな愛撫が気持ちよすぎて、自然と彼の逞しい胸板にすがりついてしまう。獅子堂はそんな晴輝のすべてを包み込むように、優しく極みに押し上げていった。限界がもう

間近だ。

唇を噛んで必死に声を堪えていると、耳もとで「我慢しなくてもいい」と、見透かしたように囁かれた。

甘く官能的な声にぞくりと項が粟立つ。

獅子堂の声は毎日聞いているはずなのに、まるで別人のような熱のこもった声色に鼓膜がとろけそうになる。本能を揺さぶる不思議な響きがある。

ふいに奇妙な既知感を覚えた。ぞわっと全身の産毛が逆立つような蠱惑的な声の中に、ふと懐かしさにも似た心地よい響きが混じっている気がして、脳が困惑する。

ふうっと耳に息が吹き込まれた。

途端にぞくんと背筋が撓むほどの甘い快感が駆け抜けて、晴輝は全身を引き攣らせた。

今にも放ってしまいそうな硬く芯を持った劣情を卑猥な水音とともに扱かれて、「あ、あ」と、鼻にかかった甘ったるい声が漏れる。獅子堂が背後から晴輝を抱き込み、硬くしこる陰嚢をもみしだきながら「かわいいな」と甘い声で囁いた。

晴輝は首を竦めて、色めいた息を吐いた。

「しっ、しし、どう、さん……こえが……、みみ……あまり、しゃべらないで」

「うん？　ああ、もしかして君は耳が弱いのか」

耳朶を甘噛みされて、晴輝はビクンッと震えた。抑えきれない喘ぎ声に、獅子堂が「感じやすいんだな」と耳もとで笑う。

耳を舐めながら性器を扱かれた。ねっとりと舌が這う感触とぴちゃぴちゃと唾液の絡む水音に一気に理性が崩れた。

「ふっ、う……ししどうさん、はっ、はなして、ください……もう……っ」

「イっていいぞ」

かりっと耳朶に歯を立てられた瞬間、目の前に閃光が散った。激しい快感にのまれるまま、晴輝は獅子堂の手の中に精を放った。

「わあ、お魚さんがいっぱい！」

巨大な水槽に張りつくようにして、舞那斗が興奮気味に叫んだ。目の前をキラキラと銀色に光るイワシの大群が泳いでゆく。

平日の水族館は思った以上に賑わっていた。

今日は舞那斗も特別に保育園を休んで、獅子堂の運転する車に乗ってやってきた。

「ねえねえ、お父さん。あの平べったいの何？」

「ああ、あれはエイだな。おっ、サメが来たぞ」

「大きいねえ。あっ、見て。あっちにも何かいるよ」

「なんだろうな。行ってみるか」

二人が手をつないで先に進む。普段は忙しい父親と出かけるのが嬉しくてたまらないのだろう。舞那斗は行きの車の中から大はしゃぎで大変だった。

「高雛くん、どうした。行くぞ」

水槽の前でぼんやりと立ち止まっていた晴輝を、振り返った獅子堂が呼び寄せた。晴輝は我

に返り、急いで二人に駆け寄る。

「ぼんやりしていると迷子になるぞ」

「そうだ、晴輝さんも一緒に手をつなごうよ」

小さな手が晴輝の右手をぎゅっと握った。

「これで安心だね」

見上げてくる舞那斗がにっこりと笑う。晴輝も思わず頬をゆるめた。

ふと視線を感じて顔を上げると、獅子堂と目が合った。「迷子にならないでくれよ」と、軽口を言いながらふっと微笑む。途端に晴輝の心拍が跳ね上がる。

「だ、大丈夫ですよ」

薄暗い館内で助かった。頬が熱く火照っているのが自分でもわかる。一方の獅子堂は何事もなかったかのように舞那斗と楽しそうに笑っている。

ゆうべのあれは、もしかしたらすべて晴輝の夢だったのではないか。そう疑ってしまうくらい、獅子堂はいつもと変わりない。動揺しているのは晴輝だけのようだ。

今朝起きると、晴輝は自室のベッドの中だった。そして、隣にはなぜか獅子堂までが一緒に眠っていたのである。

何があったのかはっきりと覚えているが、射精したあとの記憶が途切れていた。目覚めると、

丸出しだった下半身は妙にさっぱりしており、きちんと下着とハーフパンツを身につけていた。どうやら寝落ちしてしまった晴輝の後始末を獅子堂がしてくれたらしい。

なぜ、同じベッドで眠っていたのかわからない上、獅子堂の寝顔を見ながらゆうべの自分の痴態を思い出した晴輝は、軽くパニックになったのだった。

獅子堂を起こさないように急いで部屋から脱出し、朝食の準備をしながら、どんな顔をして獅子堂と会えばいいのか散々悩んだのである。

ところが、獅子堂はまるで何もなかったかのように、いつもと変わりない様子でリビングに現れたのだ。あくびをしながら「おはよう」と挨拶をする獅子堂に、思い切り身構えていた晴輝は拍子抜けしたのだった。

さすがだなと思った。これこそ経験を積んだ余裕ある大人の対応だ。

ふと脳裏にいつかの楓真の言葉が蘇った。

——人気アーティストから売れっ子アイドルに俳優、モデルまで、結構派手に遊んでるって噂だよ。顔もいい、才能も有り余ってる、まさに典型的なモテアルファ！

なるほどなと納得してしまう。ゆうべも、あられもない姿の晴輝を見て、呆れるどころかなんの躊躇いもなく手を貸してくれた様子は明らかに手慣れていた。その手の噂に関してはあながちデタラメでもなさそうだ。

初めて他人の手に触れられた晴輝とは違って、獅子堂はさぞかし経験豊富な人生を送ってきたに違いない。

今は舞那斗がいるので控えているのかもしれないが、過去は相当な遊び人だったのではないか。親子とはいっても、厳密に言えば獅子堂と舞那斗は叔父と甥の関係だ。獅子堂自身はまだ三十四歳の男盛り。舞那斗を引き取る二年前までは一人であの家に住んでいたようだし、パートナーがいても不思議ではない。

晴輝はちらっと横目に獅子堂を盗み見た。

初対面からのぼさぼさヘアと着古したスウェット姿に見慣れてしまったせいか、新しいヘアスタイルにジャケットを羽織ったよそ行き姿が別人に見える。

ちょうど擦れ違った女性二人組が、ちらちらと獅子堂を振り返る様子が目に留まった。

他にも「あの人、かっこいい」、「なんだー、子持ちかあ」といった会話も耳に入ってくる。

それと同時に、周囲の視線が自分にまで向いていることに気がついた。

勘違いされているのだ。舞那斗を間に挟み、三人で仲良く手をつないでいる様子は、傍から見れば家族にしか見えないのだろう。獅子堂の類い稀なるルックスはどう見てもアルファのそれだし、必然的に晴輝がオメガだと認識されてしまう。

急に後ろめたさが込み上げてきて、晴輝は思わず足を止めた。

手をつないでいたことを忘れて、舞那斗たちまで引き留めてしまう。前に進む獅子堂と立ち止まった晴輝の間で舞那斗がピンと両腕を張った。我に返った晴輝は慌てて手を離した。ところが気づいた獅子堂も同時に手を離したため、反動で舞那斗がその場にこてんと尻もちをついた。

「ごめん！　舞那斗くん、大丈夫？」

きょとんとしている舞那斗を慌てて抱き起こす。獅子堂も驚いたように踵を返した。

「すみません、俺がぼんやりしていたから」

「いや、俺も確認せずに歩き出して悪かった。ゆっくり見たかったよな、ペンギン」

獅子堂が申し訳なさそうに言う。目の前はペンギンの展示エリアだった。たくさんのペンギンたちがあっちでもこっちでもよちよちと歩き回っている。

晴輝は内心戸惑った。さっきまで別の水槽を眺めていたはずだ。周囲の反応に気を取られすぎていたせいか、移動したことにすら気がつかなかった。完全に上の空だった。

ちょうどペンギンの餌やりが始まって、舞那斗は興味津々に見入っていた。晴輝もつい夢中になって眺めてしまう。

「本当にペンギンが好きなんだな」

隣に立った獅子堂がふいに言った。

「確か、スマホの待ち受けもペンギンだろ。この前ちらっと見えた。あと、鞄にもつけてるよな。小さなペンギン」

晴輝はびっくりする。今日のボディーバッグは違うが、いつも持ち歩いているトートバッグには確かにペンギンのマスコットがついている。たまたま行ったゲームセンターのクレーンゲームの中に見つけて、粘って取ったものだった。

よく見ているなと驚きつつ、晴輝は頷いた。

「ゲン担ぎってわけじゃないんですけど、俺にとってはペンギンはお守りみたいな存在なんです。実は、好きな曲のタイトルだったというのもあって、それからペンギンのグッズを見つけると、なんとなく手が出ちゃうんですよね」

「……曲のタイトルが『ペンギン』なのか」

「そうです。いつも子守歌でうたってるあれですよ。実はあの曲、『ペンギン』っていうんです。誰がうたっていたのかはわからないんですけどね。タイトルしか教えてもらえなかったんで」

初めてあの曲を聴いたのはもう八年以上も前だ。当時のマネージャーから、「とりあえず聴いておいて」と音源データが送られてきて、それ以外の情報は何も知らされていなかった。唯一わかっていたのは、男性アイドルの楽曲にしては妙にかわいらしい『ペンギン』という仮タ

イトルだけである。

「公園で聞いたのもあの曲だったな」

「ああ、そういえばそうでしたね。……よく覚えてますね」

獅子堂に言われるまで、あの夜自分が何をうたっていたのか忘れていた。お気に入りの曲なので、家の中でもふとした時に口ずさんでしまうのはもう癖のようなものだ。

晴輝は夢中で餌を食べているペンギンを見ながら、言った。

「大好きな曲なんです。タイトルにもなっているペンギンって、鳥類じゃないですか。でも他の鳥みたいに空を飛べなくて、みんなからは落ちこぼれだと言われてる――って、歌詞なんですよ。実はペンギンの羽は泳ぐことに特化していて、空を飛べない代わりに海の中をスイスイ泳げるんです」

ちょうど目の前で、一羽のペンギンがポチャンと水の中に飛び込んだ。気持ちよさそうに泳ぐ姿を水槽越しに眺めて、晴輝は自然と頬がゆるむのがわかった。

「個体によって様々な色形の差はあるけれど、同じ鳥として生まれてきたんだから、優劣をつけるなんてバカげてる。ペンギンはペンギンらしく、誰に恥じることもなく、ペンギンであることに誇りを持って、自分のやりたいように生きていくんだっていう、とても前向きな気持ちになれる歌なんです。初めてあの歌を聴いた時、なんだか自分のことを言われているみたいで、

落ち込んでいた俺はすごく勇気づけられたんですよ。それ以来、自分の応援歌になっていて……」

そこまで話して、晴輝は咄嗟に口をつぐんだ。危うく自分がオメガであることまで喋ってしまいそうになって、慌てて言葉をのみ込む。

ちらっと横を見ると、こちらを見ていた獅子堂と目が合った。なんとも言えない優しい眼差しに、思わずドキッとする。

「それは……」

獅子堂が何か言いかけたそこに、「見て見て、ペンギンさんの行列だよ！」と、舞那斗が興奮気味に振り返った。いつの間にかペンギンに釣られて数メートル先まで移動していた彼が、「二人とも早くこっちに来て」と手招きしてくる。獅子堂が苦笑し、「今行く」と歩き出した。ところがすぐに足を止めて振り返る。引き返してきたかと思うと、「ほら、行くぞ」と当たり前のように晴輝の手を取った。ごく自然に手をつないで歩く獅子堂の隣で、晴輝はわけもわからず胸を高鳴らせる。

三人並んでペンギンの行列を眺めていると、「落とし物ですよ」と声をかけられた。

振り向くと、高齢の夫婦が立っていた。「これ、さっきお子さんが転んだ時に鞄から転がってきたみたい」

渡されたのはボールペンだった。見覚えのあるそれは確かに舞那斗のものだ。ひらがなとカタカナを練習中の彼は、魚の名前をたくさん書くんだと、ボールペンとメモ帳をポケットポーチに入れていた。

「どうもすみません、ありがとうございます」

晴輝が受け取り、舞那斗と獅子堂も礼を言う。拾ってくれたおばあさんが「素敵なご家族ね」と微笑ましげに言った。「仲良しでいいわねって、話していたのよ」

晴輝は思わずぎくりとした。

「あ、いえ、この二人と僕は……」

咄嗟に訂正しようとした声に被せるようにして、獅子堂が口を挟んだ。

「ありがとうございます。そちらも素敵なご夫婦ですね。いつまでも仲が良くて羨ましいですよ。私たちも見習わないと」

仲良く手をつないでいた彼らが「あらまあ」と嬉しそうに微笑む。

ふいに目が合った獅子堂がこっそりと自分の唇の前で人さし指を立ててみせた。晴輝はすぐさま意図を察して頷く。獅子堂がそっと笑んだ。

自分たちの孫はもう大きくてと、ペンギンに夢中な舞那斗を楽しげに見守りながら老夫婦が話している。獅子堂も気さくに受け答えしている。

晴輝は三人の会話を聞きながら、ただの世間話に水を差さなくてよかったと、胸を撫で下ろしていた。気のよさそうな老夫婦に気まずい思いをさせてしまうところだった。

一方で、獅子堂の機転を利かせた対応は意外だった。

芝居だとわかっていても、まるで晴輝が彼らと本当の家族であるかのような口ぶりに、胸がざわめき、急に心臓がどくどくと鳴り出すのを止められなかった。


昼前に見たペンギンのパレードがかわいすぎて、晴輝は年甲斐もなく舞那斗と一緒になってはしゃいでしまった。

昼食をとったあとはイルカとシャチのショーをはしごして、こちらも迫力あるパフォーマンスに水飛沫を浴びながら三人とも大いに楽しんだ。

ミュージアムショップに入り、舞那斗とあれこれ目移りしながら商品棚を見て歩く。

「ねえ、舞那斗くん。これ見て、お父さんに似てない？」

晴輝はシャチのぬいぐるみを指さして言った。白と黒のシャープな体ときりっと切れ上がったデザインの目が男前だ。ぬいぐるみを見た舞那斗も「あ、本当だ！　お父さんにそっくり」と大笑いする。「だよね、そっくりだよね」

「何を二人して笑ってるんだ」

獅子堂が怪訝そうな顔をして近寄ってきた。舞那斗が笑いながら言う。

「だってこの子、お父さんにそっくりなんだもん」

「こいつと俺が？　そうかぁ？」

獅子堂は納得がいかないようだ。

「俺もそっくりなのを見つけたぞ。ほら、あれ」と、獅子堂が長い手を伸ばして棚のぬいぐるみをひょいと取った。アザラシである。

「見てみろ、このきょとんとしている顔なんか、舞那斗にそっくりだぞ」

「えー、そうかなあ」と、言いつつも、舞那斗は嬉しそうだ。アザラシは舞那斗が一番熱心に見ていた生物である。きゅるんとした大きな黒目が確かに舞那斗とよく似ている。

「シャチとアザラシの親子だね」と、晴輝がからかい交じりに言うと、獅子堂が「もっとそっくりなのを見つけたぞ」と言った。

高い棚の上から手に取ったのはペンギンだ。それを晴輝の顔の横に並べて「ほら、そっくりだ」と言ってよこす。舞那斗も「あ、本当だ！　似てる」と目を丸くする。

「えーそうかな？　さっき俺がペンギンの話をしたから、そう見えるだけなんじゃ……」

「いや、この顔つきはそっくりだろ。円らながら芯が強そうな目とか、嘴も口角がきゅっと上がった口もととよく似てるし、全体的にふんわりとした優しい雰囲気の美人さんじゃないか。

俺はこの子を一目見て、高雛くんにそっくりだと思ったぞ」

真顔で解説されて、晴輝はどう反応していいのかわからない。舞那斗までが「うん、このペンギンさんは晴輝さんそっくり。かわいいし、優しそう」と言い出して、隣で会話を聞いていた若い女性二人がくすくすと笑っていた。「あのぬいぐるみ家族、三人ともメッチャかわいいんだけど」と話しているのが聞こえて、晴輝は一人頬を熱くした。

結局、みやげに大きなぬいぐるみを三つも買った。晴輝はいいと言ったのに、「せっかく来たんだから」と、獅子堂は晴輝の分までペンギンのぬいぐるみを買ってくれたのだ。

「シャチとアザラシとペンギンの家族だね」と、舞那斗が嬉しそうに話す。獅子堂も「そうだな」と、笑っている。

男同士の間に子どもが生まれるとしたら、それはどちらかのバース性がオメガでなければありえない。

オメガ嫌いの獅子堂は、自分がオメガの番を連れていると周囲に思われることを嫌がるのではないか。晴輝はそう考えていた。

ところが、獅子堂の見せた行動は晴輝が想像していたものとはまったく違った。

もしかするとオメガ嫌いだというあの噂は、本当にただの噂にすぎないのではないか。

そんなことを考えつつ、晴輝は用を足してトイレから出た。

近くのベンチでは獅子堂が寝てしまった舞那斗を連れて待っていた。

「お待たせしました。舞那斗くん、ぐっすり眠っちゃってますね」

水族館限定のアイスクリームを食べたあとから眠そうに目を擦っていたのだ。

獅子堂の膝に頭を乗せてすうすうと寝息を立てている舞那斗を眺めて、晴輝は笑った。

「寝顔が獅子堂さんにそっくりですね」

「……そうか？」

「眉毛が八の字に下がるところとか、眠りながら口角をちょっとだけ上げるところとか。獅子堂さんも同じですよ。寝顔が笑ってるみたいでかわいいんですよね」

獅子堂が顔を上げた。きょとんとした獅子堂と目が合って、晴輝は慌てて言った。

「あ、かわいいって言い方はおかしいですね。すみません、大人の男の人に」

「いや、それは別に……」

獅子堂が珍しくまごついている。

「……よく見ているな」

ぼそっと呟いた言葉が晴輝の耳にも届く。途端に鼓膜がむず痒くなり、周囲の気温が一気に上がったような気がした。体がカッと熱くなる。

子守歌係の晴輝は、確かに獅子堂の寝顔を見る機会は多い。熟睡中の獅子堂に普段のりりし

さはなく、端整な顔立ちが無防備になる瞬間は貴重で、つい見入ってしまうこともしばしばだ。

そんな晴輝の秘密の時間がばれたような恥ずかしさが込み上げてくる。

ちらっと獅子堂を見やると、彼も同様に視線を逸らし、明後日の方向を見ていた。鼻の下をしきりに指で擦り、横顔がほんのりと色づいている。

照れる獅子堂の姿に、晴輝はなんだかぎゅっと胸を掴まれたような気分になった。舞那斗も時々そうやって鼻の下を擦ることがある。やはり照れた時にそうしてみせるのだ。獅子堂と舞那斗は血縁関係があるので目や鼻の辺りは似ていると思うけれど、こういう仕草は一緒に暮らしているからこそ自然にうつるものである。二人の関係性を垣間見た気がして、晴輝は嬉しくなった。

「あ、そうだ。これ、獅子堂さんから渡してあげてください」

晴輝はバッグから小袋を取り出した。先ほどショップで買ったものである。

かわいらしいアザラシの形をした小物入れで、ポップに『お子様の乳歯ケースにも最適！』と書いてあるのが目に留まった。獅子堂と相談して、舞那斗がグッズを見ている隙に急いで購入したのである。

「ああ、わかった。そろそろ抜けそうだな。さっきもアイスを食べながら歯がぐらつくのを気にしていたみたいだ」

「ごはんを食べてる時にぽろっと抜けたりしますからね。そのケース、すぐに出番がきそうですね」

「そうだな」と、嬉しそうに頷いた獅子堂が、ふと思い出したように言った。

「ペンギンのエリアでお年寄りのご夫婦と出会っただろ。舞那斗のボールペンを拾ってくれた」

「はい。あのご夫婦がどうかしましたか」

「いや、あの時は、その……悪かったな。勝手なことを言って。高雛くんが困ったような顔をしていたから、気になっていたんだ」

獅子堂が気まずそうに話す。

「あのご夫婦に素敵な家族だと言われて、こっちもつい話を合わせてしまった。嫌な気分にさせてしまったら申し訳ない。無理に家族ゴッコに付き合わせて悪かった」

晴輝は驚いた。そんなふうに獅子堂が思っていたとはまったく想像もしていなかった。

晴輝自身は別に困りもしていないし、嫌な気分になった覚えもない。むしろ獅子堂の方が気分を害したのではないかと内心はらはらしていたくらいだ。

「いえ、俺は全然……」

「高雛くんはベータなのに、俺たちのせいでオメガだと勘違いされてしまっただろうな」

獅子堂の言葉に、晴輝は思わず押し黙った。

それはつまり、晴輝がベータではなくオメガだと周囲に勘違いされたことに対して、獅子堂は謝っているのだ。

晴輝のことをベータだと信じているからこそ、出てくる言葉だった。

ショックだった。オメガであることが、まるで悪いことだと言われているようで悲しくなる。

やはり、獅子堂はオメガに対していい印象を持っていないのだろうか。

ふいに昔の記憶が脳裏を過った。

――オメガのくせにアルファと肩を並べて歩くなんて、おこがましいにもほどがある。

耳に蔑む声が蘇り、晴輝は全身に冷や水を浴びせられたような気分だった。

さっきまで天に昇るみたいに浮かれていた気持ちがたちまち地に落ちる。

獅子堂も舞那斗も晴輝にとてもよくしてくれるから、自惚れていたのかもしれない。家族ゴッコとはいえ、彼らの一員として受け入れてもらえたようで嬉しかったのだ。アルファの二人といてもオメガの自分だけが浮いている。しっくりこない。それはそうだ。晴輝は家族でもなんでもない、ただの家政夫なのだから――。

すうっと熱が引いて、浮ついた思考が冷静さを取り戻す。

すべてのアルファがそうとは言わない。

けれども中には、それまで普通に接していた相手がオメガだと知るやいなや、手のひらを返して見下す者が少なからずいることを、晴輝は身をもって知っている。

オメガである自分を獅子堂には知られたくなかった。

ベータだと思い込んでくれているのなら、その方がいい。

せめて、契約の期間が終わるまでは、嘘を貫き通せるように。これまで通り、彼らの傍にいたい。せっかく二人から得た信頼と信用を失いたくないと思った。

6

夢を見た。

またあの頃の夢だ。引退して八年も経つのに、いまだに囚われている。

きらびやかなステージに立つ自分と、嵐のように湧き起こる歓声。仲間たちと肩を組み、応援してくれる多くのファンに向けて熱唱するアンコール。

絶頂にいる自分は隣を見る。

すぐ横でマイクを握っていた彼もこちらを見た。

最高に楽しい。笑い合って、テンションの上がった彼が晴輝の肩を抱き寄せる。

耳に唇を寄せられて、ドキッとする。

彼が低い声で言った。

――なんでお前がここにいるんだ？

突然、世界が暗転した。光と音の一切が消え失せる。パニックになる晴輝の耳もとで、氷のナイフで心臓をザクッと抉るように、彼の声が冷ややかに罵った。

――好きものオメガが調子にのるなよ……っ！


「……なくん、高雛くん、おい、大丈夫か」

体を揺さぶられて、はっと唐突に意識が覚醒した。

途端に視界いっぱいに獅子堂の顔が広がって、晴輝は面食らった。

「……獅子堂、さん？」

心配そうに晴輝を覗き込んでいた獅子堂がほっとしたように言った。

「目が覚めたか。大丈夫か？　随分とうなされていたようだが」

「うなされて……？　あっ、え、今、何時……っ」

晴輝は跳び起きた。自分がリビングのソファに横になっていたことにも驚く。

涼しい風が滑り込んできてレースカーテンが揺れる。外は明るい。

急いで首をめぐらせて壁時計を見ると、なんと正午を過ぎている。ローテーブルの上には舞那斗の靴下やハンカチ、タオルが置いてあった。新しく買い替えたので、お名前スタンプを押していたのだが、その最中にあろうことか眠ってしまったらしい。

「す、すみません！　すぐにお昼の準備をします」

立ち上がろうとすると、獅子堂が「いや、いい」と止めた。

「これから仕事の打ち合わせで出かけることになった。帰りは遅くなると思う」

「え、お出かけですか」

そこでようやく気がついた。

獅子堂はいつものスウェットではなく、ジャケットを羽織っていた。髪をセットし、ひげも綺麗に当たっている。朝食時には無精ひげが生えたままだったから、身支度のために洗面所まで往復したはずだ。リビングにいる晴輝が目に入っただろうに、見て見ぬふりをしてくれたのだろう。晴輝は内心頭を抱えた。仕事中に居眠りをするなんてありえない。

「申し訳ありません」

頭を下げると、獅子堂が苦笑した。

「謝らなくていい。俺と舞那斗がなんでもかんでも高雛くんに任せきりだから、疲れているんだろ。それなのに、昨日は一日水族館に付き合わせてしまったからな」

「いえ、それが俺の仕事ですし。それに、水族館は俺もすごく楽しかったですから」

「そうか。楽しんでもらえたならよかった」

ふいに獅子堂が自然な流れで晴輝の頭に手を乗せた。子どもにそうするように優しく撫でられて、晴輝は思わず息を詰めた。

「今日はもうやることはあまりないだろ。舞那斗のお迎えまでまだ時間があるし、誰もいない

からのんびり羽を伸ばしてくれ」

「だ、大丈夫です。あっ、お出かけされるなら、何か他に準備するものはありますか」

急いで立ち上がった拍子にくらりと軽い立ちくらみを起こした。傾いだ晴輝の体を、びっくりした獅子堂が慌てて支えてくれる。

「顔色があまりよくないな。本当に少し休んだ方がいい」

「……すみません」

ソファに座るように促されて、おとなしく従った。そういえば、少し体が熱っぽい気がする。

「さっきはうなされていたが、悪い夢でも見たのか」

訊かれて、晴輝は躊躇いがちに頷いた。「ちょっと待っていてくれ」と、獅子堂が一旦キッチンに姿を消す。しばらくして、マグカップを手に戻ってきた。

「これを飲めば、少しは落ち着くと思うぞ」

甘いにおいの湯気が立つマグカップを渡される。温かいココアだった。

「わざわざ作ってくださったんですか。すみません、お出かけ前なのに」

「まだ時間に余裕があるから気にしなくていい」

獅子堂は妙に甘やかな声音でそう言って、やわらかく微笑む。ぎこちなく目を伏せた晴輝は甘い湯気の中を覗き込み、こっそり頬を熱くした。

「ココアにはテオブロミンという成分が入っているんだ。自律神経を整えて体をリラックスさせる効果があって、安眠効果もあるといわれている」

「へえ。詳しいんですね」

「不眠改善のために、手当たり次第試してみた名残だよ。まあ、俺の頑固な不眠症にはまったく効果がなかったんだけどな。いろんな種類のココアを取り寄せたから、まだいっぱい残ってるぞ。よければ舞那斗と一緒に飲んでくれ。俺にはもう必要のないものだ。何せ俺は、ココアの何百倍も効く魔法の睡眠アイテムを手に入れたんだからな」

意味深に笑った獅子堂が強引に目を合わせてきた。じっと見つめられて、心臓が跳ね上がる。

「……コッ、ココア、いただきます」

まだココアを飲んでもいないのに、体の内側でふわっと甘い熱が広がる。

晴輝は急いでマグカップに口をつけた。ミルクたっぷりの優しい甘さのココアがゆっくりと胃に落ちてゆく。

「おいしい」

晴輝がココアを飲み干すまで、獅子堂は何も言わずにただ嬉しそうに笑んで見守っていた。視線を感じて落ち着かなかったが、獅子堂は終始笑顔で、空のマグカップを受け取るとソファから腰を上げた。

見送りはいいと言われたが、晴輝は獅子堂のあとを玄関までくっついていく。

獅子堂は晴輝がピカピカに磨いておいたウイングチップを履いて、振り返った。

晴輝を見やり、何か言いたげな表情をしてみせる。晴輝は小首を傾げた。すると、獅子堂はおもむろに手を伸ばし、そっと晴輝の頬に触れてきた。

たちまち、びりっと熱を孕んだ痺れのようなものが全身を駆け抜ける。

「――っ！」

思わずびくっと体を震わせると、獅子堂も驚いたように目を瞠り晴輝を見つめていた。

短い沈黙が落ちる。我に返った獅子堂がぎこちなく手を引いた。

「さっきよりは顔色がよくなったな」

「……は、はい。もう大丈夫です」

「そうか、よかった。でも無理はしないでくれ。疲れた時はきちんと休むように」

晴輝は頷く。

本当は心臓がバクバクと躍るように脈打っている。体温も急激に上がった気がしたが、何もないふうを装った。

獅子堂が微笑んで背を向ける。ところがドアノブに手をかけたかと思うと、突然動きを止めた。再び振り返った獅子堂と目が合った。

「？　忘れ物ですか」

「いや」と、獅子堂がかぶりを振る。少し躊躇うような間を置いて、訊いてきた。「ここに来てすぐの頃、君は恋愛に興味がないと言っていたが、それは今も変わりないのか」

「え？」

晴輝は面食らった。

なぜ、急にそんなことを訊くのだろうか。困惑するも、どうしようもない熱っぽさを抱える晴輝は上手く思考が回らないまま、「はい」と頷いて返した。「変わりません」

「……そうか」

獅子堂が呟き、ふっとやわらかな笑みを戻して言った。

「急ぐ用事はないから、のんびりしていてくれ。君に何かあったら、俺も舞那斗も困ってしまう」

ちゃめっ気ある口調に、晴輝は苦笑する。

「あ、ポケット。膨らんでますけど、何か入っていますか」

ジャケットのポケットの膨らみに気づいて、晴輝は声をかけた。獅子堂がポケットに手を突っ込む。出てきたのは丸めたハンドタオルだった。

「ああ、そうだった。さっきキッチンで水が飛び散ったから、これで顔を拭いたんだ。洗濯機

に入れようと思ったのに忘れていた」

バツが悪そうにする獅子堂に、晴輝は笑って「洗っておきます」とタオルを受け取る。

「じゃあ、行ってくる」

「いってらっしゃい」

獅子堂が玄関を出る。ドアが閉まったのを確認した直後、全身の毛穴からどっと汗が噴き出すような感覚に襲われた。とても立っていられず、その場にへなへなと座り込む。

心臓が早鐘を打つような速さで鳴っていた。

どくどくとこめかみが強く脈打ち、額に汗がびっしりと浮いている。

体が熱い。咄嗟に手に持っていたタオルを自分の顔に押し当てる。汗を拭こうとして、無意識に息を吸い込んだ。途端に鼻腔を伝って獅子堂のにおいが体内に流れ込んでくる。

どくんっと心臓がひときわ激しく鼓動した。

たちまち全身を駆け巡る血という血が沸騰し、急激に腹の底から耐え難いほどの疼きが込み上げてくる。

張り裂けそうな胸の痛みと、喉もとまで迫り上がってくる熱の塊に押し潰されそうになる。体に力が入らず、壁にすがりついた。激しい混乱に襲われる。

「なんだよ、これ……？」

すんと鼻をひくつかせると、むせ返るような自分の体臭が鼻をついた。覚えのある独特の甘ったるいにおい。全身からオメガ特有のフェロモンが溢れ出しているのだ。

「嘘だろ……。まだ次のヒートまで、二ヶ月近くあるはずなのに……っ」

初めての発情期を迎えてからこれまで、晴輝の周期は比較的安定していた。前後一週間ほどのずれはあっても、一ヶ月以上も前倒しできたことなど一度もない。こんな突発的な発情は初めての経験だった。

とにかく、早く抑制剤を飲まなくては――！

体の疼きを抑えるために、晴輝はよろよろと立ち上がり、壁を伝いながら必死に自分の部屋を目指す。ドアがすぐそこに見えているのに、あと少しの距離がとてつもなく遠い。

リビングを横切り、ようやく部屋に辿り着くと、晴輝はベッドヘッドの引き出しから錠剤の小瓶を取り出した。

震える手で蓋を開けて、錠剤を飲み込む。

即効性があるので、少し経つと動悸が治まり、体の火照りも落ち着いてきた。

ほっとすると喉の渇きを覚える。キッチンで水を飲みながら、獅子堂が出かけたあとでよかったと、心底思った。あと少しでもタイミングがずれていたら、間違いなくフェロモンに気づかれていた。

どうして急に発情したのかわからない。

今は薬で治まっているが、またいつぶり返すかと考えると不安になる。獅子堂の前でヒートの兆候が表れたら隠し通すことはできないだろう。アルファがオメガのフェロモンに気づかないわけがない。確実に晴輝がオメガだとばれてしまう。

そうなる前に、何か対策を打たないと。

晴輝は懸命に思考を働かせようとした。

だが、頭がくらくらしてまともに物が考えられない。まだ体は熱っぽく、異常に喉が渇く。冷蔵庫から冷えたミネラルウオーターのペットボトルを取ると、晴輝は鉛のように重たい体を引きずってふらふらと部屋に戻った。

ベッドに横になり、違和感に気がついた。

「……？　あ、ここ……獅子堂さんの、部屋……？」

間違えて獅子堂の寝室に入ってしまったらしい。階段を挟んで左右に分かれている部屋を、普段なら絶対に間違えることがないのに、ありえないミスに我ながら驚く。

キングサイズのベッドから急いで起き上がろうとしたが、もはや体が動かなかった。

身じろいだ拍子に、シーツからふわりと獅子堂の残り香が立ち上る。

途端に体の奥がどくんと疼いた。一旦落ち着いたはずの熱が瞬く間にぶり返し、抗えない情

欲が込み上げてくる。

「なんで……くすり……のんだ、のに……っ」

いつもの抑制剤が効いていないのだ。更に効き目が強力な緊急抑制剤が頭を過った。早く部屋に戻ってそれを服用しなければ、とんでもないことになる。

本能が危険信号を知らせているのに、体が思うように動かず、息が乱れるばかりだ。

喘ぐように吸い込んだ空気に獅子堂の体臭が混ざる。その甘美なにおいに晴輝はビクビクッと体を震わせた。シーツに顔をうずめて貪るようににおいを嗅ぐ。

鼻腔を獅子堂の体臭が通り抜けるたびに、体の火照りがますますひどくなってゆくのがわかる。

晴輝は無意識にズボンのポケットから丸まったハンドタオルを引き抜いた。出かけ際に獅子堂から受け取ったそれを鼻に押し当てる。

すんとにおいを嗅ぐと、少し湿ったタオルからなんとも言えない芳しいにおいがした。アルファのフェロモンに包まれて、どうしようもなく体が疼く。

「……ふ……んっ」

晴輝は闇雲に手を伸ばし、枕を引き寄せると顔をうずめた。ベッドの脇に脱ぎ捨てられたスウェットも引き寄せて、より濃厚な獅子堂のにおいに囲まれる。

たまらず衣服を脱ぎ捨てた。

とろとろと炙られたみたいに火照る裸体をシーツに投げ出し、獅子堂のにおいを全身にまとうように体をくねらせる。

ふと獅子堂に自慰を手伝ってもらった時の記憶が蘇った。

彼に触れられ絶頂に導かれたことを思い出しながら、晴輝は夢中で獅子堂のにおいが染み付いたスウェットを腹の下に押し込む。獅子堂の長い指を想像しつつ、下肢を擦り付けた。無我夢中で腰を動かす。

「ん、あっ、あっ、あっ、――っ」

いくらと経たず、晴輝は射精した。だが、体の熱は一向に収まらない。

体液でべとべとに汚れたスウェットに再び下肢を押し付ける。はあはあと獣のような息遣いが聞こえる。意識が朦朧とする。ほとんど理性は飛び、自分が今何をしているのかすらよくわからない状態だった。

「あ、たすけて……ししどうさん……」

なぜそこで、彼の名前を呼んだのかわからない。言葉が勝手に口をついて出た。

その時、「高雛くん?」と声が聞こえた気がした。

鼓膜に届くその甘い低音すら刺激になり、晴輝は身悶えながら軽く射精してしまう。

「あぁっ！」

「おい、高雛くん！　どうしたんだ……くっ、なんだ、このにおいは……っ」

晴輝の体を揺すって顔を覗き込んできたのは獅子堂だった。熱で潤んだ視界に、ジャケットの袖で鼻と口もとを覆っている獅子堂の姿が映る。眉間に皺を寄せ、懸命に何かに耐えている様子の彼に、晴輝は喘ぎながら訊いた。

「どう……して……、しごとは……？」

獅子堂がくぐもった声で答える。

「先方の都合で急遽キャンセルになったんだ。さっきも連絡したんだが、まったく電話がつながらないし、まさか具合が悪くなって倒れているんじゃないかと心配になって、急いで戻ってきてみれば――」

視線がちらっと下方へ流れた。晴輝は裸のまま獅子堂のベッドに横たわり、今も無意識に腰を揺らめかせている。止めたくても、このどうしようもない体の疼きが苦しくて、じっとしていられない。そんなはしたない姿を獅子堂に見られてしまったのだ。

きっともうオメガだとばれている。今の晴輝は大量のフェロモンを垂れ流している状態だ。アルファならおそらく部屋に入った時点で異変に気づいただろう。

獅子堂がごくりと喉を鳴らす音が聞こえた。

「高雛くん、君はオメガだったのか……」

晴輝は泣きたくなった。言葉の代わりに淫らに濡れた喘ぎ声が漏れて、それがまた惨めだった。

下肢を擦り付けていたスウェットは、もう晴輝の体液でぐっしょりと濡れている。においを嗅いでいたハンドタオルも唾液でべたべただ。

獅子堂のつらそうな表情が視界の端に入り、心の中で詫びた。この至近距離でオメガのフェロモンを浴びているのだ。獅子堂の体に影響がないわけがない。アルファは、オメガのフェロモンには絶対に抗えない。

獅子堂が低い声で訊いてきた。

「ヒートか。抑制剤は？」

「ご、ごめんな……さい……っ、ごめんなさい……ひっ……ぁんんっ」

腰を揺すりながら晴輝はしゃくり上げる。混乱して、他の言葉が出てこない。

「大丈夫、謝らなくてもいいから」

宥めようとする獅子堂の声もひどく苦しげだった。手で口と鼻を押さえつつ、懸命に理性を保っているのがわかる。

「……ふっ、あっ、からだが……んっ、あつくて……、くるしい……っ」

熱は収まるどころかますます膨れ上がる。体の奥深くが疼いて疼いて仕方ない。自分ではもうどうしようもないそれを、早く誰かにどうにかしてほしくて、気がおかしくなりそうだった。

これが本来のオメガの性なのか――。

今までに経験したことのない激しい発情が、晴輝を変えてゆく。

獅子堂が部屋に入ってきてから、体の疼きがより一層ひどくなったことに気づいていた。アルファの強烈なフェロモンを肌で感じる。発情時にアルファと接することで、晴輝の中のオメガの性が、ある意味本格的に目覚めたのだろう。ここまでの渇望感を覚えたのは初めてだった。腹の奥の、滾るような熱が溜まっているその場所を、誰かに抉って、掻き出してもらえたらどんなにいいか――。

経験したこともないのに、想像するだけで腰が歓喜に震えた。

自分の体がこんなにも淫らに他人を欲するなんて考えてもみなかった。

「部屋に抑制剤はあるんだろ？　すぐに取ってくるから待ってろ」

ベッドから離れようとした獅子堂を、晴輝は咄嗟に手を伸ばし、上着の袖を掴んで引き留めた。

「高雛くん？」

獅子堂が困惑の表情を浮かべる。晴輝はもどかしい体をよじって言った。

「し、し……どうっ、さん……たすけて……っ」

獅子堂の逞しく張り出した喉仏がごくりと上下した。

「このまえ、みたいに……おれに……さわって……」

恥を捨てて懇願すると、獅子堂が息をのむのがわかった。

「いいのか？」と、上擦った低い声が訊いてきた。

晴輝はこくこくと頷く。全身火傷しそうに熱い体が疼いて疼いて仕方なく、ねだるように獅子堂の袖を引いた。

一瞬沈黙が落ちて、次いで獅子堂が「わかった」と外に向けた体を反転させる。

獅子堂が晴輝の体に触れた。

途端に強烈な電流のような痺れが走って、晴輝はビクンッと全身を震わせる。

「んっ、ぁ……っ」

べっとりと精液で汚れたスウェットが腹の下から引き抜かれた。乳首が痛いほどにしこり、布が肌に擦れる刺激だけでまた射精しそうになる。

体をころんと仰向けに返された。

腹につくほど硬く反り返った性器を見下ろし、獅子堂が低く息を吐いた。

「まだこんなにしているのか。相当つらそうだな」

「ん――あぁ……っ！」

性器を握られて、晴輝は甘やかな声を上げる。全身に鋭い快感が駆け抜けて、体が勝手に波打つ。獅子堂の手の動きに合わせて自らも腰を揺らした。

もう恥も何もあったものではない。

頭の中はとにかくこの体の疼きをどうにかしてほしいと、それだけでいっぱいになる。

「ぁ……ッふ、……んぅ……あ、もっと……っ」

獅子堂にしがみついて、甘えるようにその先をねだった。

情欲に掠れた低い声が言った。

「本当にいいんだな。……知らないぞ」

汗ばむ獅子堂もすでに限界のようだった。むしろアルファの彼がここまで理性をつなぎ留めて、乱れる晴輝に辛抱強く付き合ってくれたことに感謝する。

晴輝はこくこくと頷き、誘うように獅子堂の首を抱き寄せた。ごくりと喉を鳴らした獅子堂がベッドに乗り上げてくる。

ギシッとベッドが大きく軋み、獅子堂は荒々しく晴輝を組み強いた。

裸体に顔をうずめ、上気した肌に舌を這わせる。何度もスウェットに擦り付けて赤く腫れた乳首を吸われて、晴輝は大きく体を撥ね上げた。

「――ぁ……っ」

獅子堂が触れた場所から次々と快感の炎が灯ってゆく。同時に、誰にも触れられたことのない体の奥の疼きが一層ひどくなっていくようだった。早くそこを獅子堂に触ってほしくてたまらなくなる。

晴輝の要求に応えるように、獅子堂の指が後ろの窄まりを突いた。

オメガ男性は発情時には肛門から特有の分泌液が出るという。

それがどんなものなのかこれまで確かめたことはなかったが、今は自分の後孔からとろとろと粘液のようなものが溢れ出てくる感覚があった。

すでに自分の精液と分泌液にまみれてぐちゃぐちゃにぬかるんでいたそこに、指が差し入れられる。ぐちゅぐちゅと音を立てながら、驚くほど簡単に異物をのみ込んでいくのが自分でもわかった。

狭い壁を押し広げるようにして指で中を掻き回される。初めての感覚に一瞬違和感を覚えたものの、すぐになんとも言えない快感が込み上げてきた。指の腹で媚肉を擦られる心地よさに夢中になる。

「んぁ、あ、やっ……あっ、あっ、あぁ」

数本の指で抜き差しされて、声が止まらない。

ほどなくして、晴輝はまた射精した。

それでもまだまだ持て余す熱をどうにかしてくれと、浅ましい思いをぶつけるように潤んだ目で獅子堂を見上げる。

指を引き抜いた獅子堂がくっと眉間にきつく皺を寄せた。荒い呼吸を繰り返す彼も、もはやオメガのフェロモンに抗うだけの理性が残っていないのだと知れる。

晴輝は両手を伸ばした。

「ししどうさん……きて……っ」

視線を交わした獅子堂が熱っぽい息を吐き、急くようにズボンの前立てをくつろげて自らの猛ったものを取り出した。切羽詰まった仕草で荒々しく脚を割られて、晴輝はぞくんと期待に背筋を震わせる。熟れた後孔に火傷しそうなほど熱い切っ先が押し当てられた。

「……入れるぞ」

晴輝が頷くと同時に、隘路を掻き分けて獅子堂が入ってくる。

指とは比べものにならない想像を絶する衝撃に意識が飛びかけて、晴輝は咄嗟に支えを求めた。宙を掻く両手を獅子堂が掴み、自らの首を差し出してくる。

「掴まっていろ」

晴輝はがっしりとした太い首にしがみついた。ゆっくりと腰を揺さぶられる。

「う、っく、あ……あっ、あっ」

ゆるやかだった律動が徐々に速さを増してゆく。体の奥深くまで穿たれて、目の前に火花が散った。疼いてたまらなかった場所を獅子堂が何度も執拗に擦り上げる。

気持ちいい。

自慰で発散するしかなかった欲情を、他人に委ねることはこれほどまでに気持ちがいいものなのか――。

初めて経験する快楽を浅ましい体は夢中で貪った。

もっと、もっととねだる晴輝の要求を、獅子堂はすべて受け止めるように荒々しく抱いた。音が鳴るほど激しく腰をぶつけられて、晴輝はもう何度目になるかわからない精を解き放つ。収斂した媚肉にきつく締め付けられた獅子堂が低く唸って自身を引き抜いた。ぶるっと大きく胴震いすると、晴輝の腹の上に夥しい量の白濁を撒き散らした。

7

晴輝は狭い部屋に引きこもり、冬眠中の熊のように丸まって布団にくるまっていた。日に焼けた畳が敷かれた六畳間のアパート――晴輝の自宅である。

二日前から休暇をもらい、獅子堂家を出て自宅に戻っているところだった。

予期せず訪れたヒートのせいだ。獅子堂にオメガであることがばれたあげく、ひどい醜態を晒してしまった晴輝は、その日のうちに獅子堂に休暇を願い出た。事情を重々承知している獅子堂は、仕事がちょうど片付いたこともあって、何も言わずに受け入れてくれたのだった。

ヒート自体は緊急抑制剤がよく効いたのか、徐々に落ち着いた。昨日はまだ体が熱っぽくだるさも残っていたものの、今朝になるとすっかり体調は元に戻っていた。

過去に体験したことのないような突発的なものだったので、通常のヒートとはまた別なのかもしれない。

現にいつもなら五日間ほど続くところが、今回は二日ほどで収まった。もう体は平常運転可能な状態なのだが、晴輝は今日も布団の中から出られずにいる。

獅子堂家に戻っていいものか、悩んでいた。

あれから何度もフラッシュバックのように情交に耽った時の記憶が蘇り、二人の間に何があったのかはほぼ頭に残っていた。獅子堂に至っては、晴輝が獣のごとく獅子堂を求めて最後は気を失うように達し、そして意識を取り戻すまでの空白の時間までも鮮明に記憶しているだろう。

いっそ、記憶をすべてなくしてしまえたらいいのに。

これから先、どんな顔をして獅子堂と会えばいいのかわからなかった。

晴輝がベータではなく実はオメガだったと知って、今頃獅子堂は何を思っているのだろう。恥もなく、大いに乱れる晴輝の姿を見て内心呆れ返っていたかもしれない。

——好きものオメガ……！

耳の奥でもはやトラウマになっている声が蘇り、晴輝はぞっとした。獅子堂の声でその侮蔑語を言われたらと考えると、恐ろしくて胸の奥がぎゅっと潰れた。

晴輝は深呼吸をし、布団の中から手を伸ばしてスマホをたぐり寄せた。

トークアプリを開く。この三日で獅子堂から送られてきたメッセージを順に眺めた。

〈大丈夫か？〉〈何かあればすぐに連絡をくれ〉〈食事はどうしている？〉〈しばらく家を空けていたから、不足しているものがあるんじゃないか？〉〈欲しいものがあれば持っていくから、遠慮なく言ってほしい〉〈一人で苦しんでいる高雛くんのことが心配だ〉

どれも晴輝を気遣うものばかりだ。

ベータだと偽っていたのに、晴輝を責めるどころか心配してくれている。真嶋からの連絡が何もないことから、獅子堂は〈いえもりや〉にクレームを入れなかったのだろう。

画面に表示される無機質な文字にも、彼の優しさが滲み出ているようで、これが建前ではなく本音であることを願わずにはいられない。

獅子堂はあの男とは違うのだと、そう信じたくなる。

幸い、冷蔵庫には飲み物が余分に買ってあったし、冷凍やレトルト食品などの備蓄も十分にあった。獅子堂家に住み込みをしている間も、手が空いた時にはアパートに戻って、空気の入れ替えや掃除をしていたのだ。そのおかげで、獅子堂が考えるほど不便はなかった。むしろ、突然獅子堂に訪ねてこられる方が困る。再び獅子堂と顔を合わせたら、またあの時のように、たちまち理性が飛び、自分の体がおかしくなってしまうのではないかと恐怖すら覚えていた。担当の家政夫を、誰か別の人に代わってもらった方がいいのかもしれない。獅子堂のためにも、舞那斗のためにも――。

鬱々と考えていると、ふいにトークアプリの着信音が鳴った。

はっと我に返って画面を見ると、獅子堂からのメッセージが届いていた。びっくりして布団を撥ね飛ばす。

〈体調はどうだ?〉

晴輝は戸惑った。今朝も同じメッセージが送られてきたからだ。薬のおかげで落ち着いていると返し、念のため、もう一日休ませてほしいと伝えてある。明日からは仕事に戻るような言い回しになってしまったが、そのことについて何か問われるのかもしれない。

〈もう大丈夫です〉と返信する。

すると、数秒も経たずに、今度は電話がかかってきた。

焦った晴輝は思わずスマホを投げ出しそうになりながら、わたわたと画面を操作した。

「はっ、はい! も、もしもし……?」

『高雛くんか』

獅子堂の低い声が返ってきて、ドキッとする。

『体調はもうよくなったのか。アパートを訪ねてみようかと思ったが、詳しい知人からその期間中は近づかずにそっとしておいた方がいいと言われて、遠慮させてもらった』

「あ、うっ、は、はい。だ、大丈夫です。もうすっかり、元通りですので」

声をひっくり返して答えると、回線の向こう側から安堵にほっと息をつく音が聞こえた。

『元気そうな声が聞けて安心した。もう動けるのか』

「も、もちろんです。ばっちりですよ。家の中を歩き回ってますから」

言いながら、晴輝は内心頭を抱える。これでもう明日から獅子堂家に戻らざるを得なくなった。獅子堂がふっと笑い、『よかった』と言った。その途端、晴輝の胸はわけもわからず高鳴り始める。

獅子堂がふいに声の調子を落とした。

『それでその、体調が戻ったところにいきなりで申し訳ないんだが、舞那斗のお迎えを頼めないだろうか』

「舞那斗くんのお迎えですか？」

晴輝は折りたたみ式のテーブルにある置き時計を見た。まだ正午を少し過ぎたところである。保育園では昼食が終わって、これから昼寝の時間だろう。迎えにしてはまだ早すぎるのではないか。

ところが、獅子堂はやけに切羽詰まった声で告げてきた。

『さっき、保育園から電話があったんだ。舞那斗に熱があって、迎えに来てほしいと言われたんだが、実は今、俺は出先で、しばらく戻れそうになくて』

晴輝はすぐさま察した。

「わかりました。すぐに迎えに行きます。熱が高いようならそのまま病院に連れていきますね。一度お宅に伺って、保険証を持って保育園に向かいます」

『ありがとう。助かる。舞那斗のことを頼む』

「はい。それじゃあ、急ぐので切りますね。こっちのことは俺に任せて、獅子堂さんはお仕事を頑張ってください」

『本当にありがとう、高雛くん』

甘い吐息が交じった低い声が囁くように言った。二日ぶりに聞いた獅子堂の声が鼓膜から直接腰にまで響いて、下腹部が微かに疼く。晴輝は咄嗟にかぶりを振って思考を振り切ると、急いで出かける仕度に取りかかった。


汗を掻いた舞那斗を着替えさせて、服を洗濯機に入れていると、獅子堂が帰宅した。

外はすでに夜のとばりが降りている。

「悪い、遅くなった。高雛くん？」

急いで廊下に出ると、玄関側からジャケット姿の獅子堂が歩いてきた。顔を合わせた途端、獅子堂がほっとしたように微笑む。

「ただいま」

たちまち晴輝は激しい動悸を覚えた。

「お、おかえりなさい。舞那斗くん、眠ってますよ。ちょうど様子を見に行くところだったん

で、一緒に行きますか」

獅子堂と連れ立って二階の子ども部屋に向かう。

そっと部屋に入ると、舞那斗は規則正しい寝息を立てて眠っていた。ベッドの脇にはアザラシのぬいぐるみと、なぜかペンギンのぬいぐるみが並べて置いてある。

「よく眠ってますね。乳幼児は体温調節機能が未発達なこともあって、三八度くらいの発熱は割とよくあることらしいです。お医者さんは特に問題ないとおっしゃられてました。他の症状はないですし、お薬を飲んで様子を見てくださいとのことです」

「そうか、よかった」

獅子堂が安堵した声で言った。

「おかゆを作ったんですけど、舞那斗くん結構食べてくれました。あとはゼリーと缶詰の桃を一切れ。水分をとって薬も飲みました。寝る前の体温は三七度五分まで下がっていたので、このまま熱が下がれば大丈夫だと思います」

獅子堂は冷却ジェル枕を敷いて眠っている舞那斗の頭を撫でながら、晴輝の報告にうんうんと頷いていた。

舞那斗の様子を確認した後、獅子堂に促される。食器を載せた木製トレーを持って部屋を出ようとしたら、獅子堂に「持とう」と、さりげなく取り上げられた。以前と何も変わらない彼

の振る舞いには少しほっとしつつ、二人きりの空間にひどく緊張する。

晴輝はキッチンでコーヒーを入れて、リビングに運んだ。ジャケットを脱いだ獅子堂がソファに座っていた。

「高雛くんのおかげで助かったよ。休んでいたところを悪かったな。本当にありがとう」

獅子堂に改めて礼を言われて、晴輝は「いいえ」と慌てて首を横に振った。本来なら、これは家政夫の晴輝の仕事である。

「舞那斗くんが大事にならなくてよかったです」

「高雛くんも調子はよさそうだな」

獅子堂にじっと見つめられて、思い出したように心臓がどくどくと鳴り出した。

「……は、はい、もう平気です。お休みまでいただいてしまい、すみませんでした」

晴輝は頭を下げたまま、「あの……っ」と、思い切って続けた。

「これまで、ベータだと嘘をついていて、申し訳ありませんでした。ご存知の通り、俺の本当の性はオメガです。でも、獅子堂さんがオメガ嫌いだと聞いて、ばれたら契約をもらえないと思い、咄嗟に嘘をつきました。獅子堂さんが俺のことをベータだと勘違いしてくれたのを利用したんです。本当に申し訳ありませんでした」

一瞬、沈黙が落ちる。獅子堂が口をつけていたコーヒーカップを静かにテーブルに戻す気配

がした。

「俺がオメガ嫌い？」

怪訝そうな声が言った。「誰がそんなことを言ったんだ？」

「え？」と、晴輝は思わず顔を上げた。

「あ……えっと、実は前任の家政婦さんとのトラブルは、その女性がオメガであることを武器に獅子堂さんに関係を迫ったからだったと、宝生さんから聞きました。そのことで獅子堂さんが他人との接触に過敏になっているとも聞いています。それに、獅子堂さんも俺がベータだと知って、安心したように見えたから」

黙って聞いていた獅子堂が不本意だとばかりに言った。

「君がベータ向けの本を読んでいたから、俺はベータかと訊ねたんだ。そうしたら君もそうだと答えただろ。本人が言うんだから、俺が疑うわけがない。そうなのかと思っただけだ。あの時の受け答えにそれ以上の意味はない。君こそ変に勘繰りすぎじゃないか」

ぎくりとした。

「確かに、前任の家政婦はオメガだったが、かといってオメガの家政夫だから契約しないなどと言った覚えはないぞ。あの家政婦が契約解除に至ったのは、彼女自身の問題だ」

「で、でも、獅子堂さんのオメガ嫌いについては、週刊誌にもそれらしい記事が載っていたの

で……その、過去にオメガタレントとトラブルがあったとか。うちのスタッフにも情報網が広い者がいて、信憑性が高いというようなことを言っていたので……」

思案顔をした獅子堂が「ああ、あれを見たのか」と、溜め息交じりに呟いた。

「確かに、昔オメガタレントとトラブルがあったのは事実だ。迷惑がかかることお構いなしに周りを巻き込んで大騒ぎして、こっちは相当不快な思いをさせられたから、二度と一緒に仕事をしたくないと言ったまでだ。それを聞いていた周りの人間が話を大きくして喋ったんだろう。だからといって、俺がオメガ嫌いだというのは間違いだ。さっきも言ったが、オメガかどうかは関係ない、その人間個人の問題だ。オメガだろうがアルファだろうが、性格上どうやったって合わない奴はいるんだから。君だってそうだろ？　逆に、性など関係なく、ずっと付き合っていきたいと思える大事な相手もいる」

獅子堂が意味深な眼差しで晴輝を見つめてきた。ドキッとして、思わず息を止める。

「舞那斗もオメガなんだ」

「――え？」

晴輝は反射的に聞き返していた。

目を合わせた獅子堂がなんとも言えない顔で微笑む。

「で、でも」晴輝は困惑した。「舞那斗くんはまだ六歳ですよね。バース検査を受けるのは十

歳になってからですよ」

「海外だと、地域によってはもっと早い時期に検査を受けることも可能なんだ。まあ、金さえ払えば検査をしてくれる施設なんかいくらでもある」

「……あ、そういえば」

留学中にそんな話を耳にしたことを思い出した。富裕層の中には、アルファの可能性が高い子どもは、早いうちに検査を受けてアルファ性のお墨付きを得てから名門校に進学するのだと。アルファだけが通うことを認められる超セレブ学校も存在するのだ。

獅子堂が話を続けた。

「舞那斗の両親は二人ともアルファだ。だが、舞那斗は彼らの子どもではなく、あの子の父親――俺の実兄とオメガ女性との間に生まれた子どもなんだよ。うちは地元では有名な資産家のアルファ家系で、兄夫婦も親族からアルファの子を産むように求められていたんだ。だが、あの二人には子どもができなかった。だから、兄は外で知り合ったオメガ女性に自分の子を生ませたんだ。アルファの子を手に入れるために」

晴輝は目を瞠った。

一般的にアルファ同士の結婚は、アルファ女性が妊娠する確率が低いといわれている。アルファ女性がパートナーのアルファ男性を自分よりも上位種であると認めることが絶対条件で、

互いに我が強くプライドの高い者同士だと妊娠自体が難しい。

特に代々続くアルファの家系となれば、世間体のために双方の地位、家柄などを考慮した結婚になるため、セックスレスの夫婦も少なくないと聞く。しかし、跡継ぎの問題からは逃れられないため、アルファ男性は外にオメガの愛人を持ち、そこで子を得るのだ。アルファとオメガの番からは九割以上の高確率でアルファの子が生まれることが、統計上も証明されている。アルファの血を絶やさないために、名のあるアルファ家系では昔から行われている慣習だった。

「兄夫婦は、舞那斗も当然アルファだと信じて疑ってなかった。だから、気楽な気持ちで検査を受けさせたんだよ。早めに証明書を取得しておけば、獅子堂家の後継者として各方面に紹介しやすいからな」

獅子堂の実家が地元では有名な資産家であることを、初めて知った。

獅子堂の一族は異常に選民思想が強く、アルファ至上主義の偏った考え方を当たり前のように振りかざしてきた。そんな自分の家族に対して、獅子堂はある頃から違和感を覚え、それは徐々に強い抵抗感に変わっていったという。

一方で、獅子堂少年は高校時代から趣味でバンドを組み、同時に本格的に音楽製作にのめり込んでいった。大学在学中に参加した国内の大型コンペで賞を取り、作曲家として華々しくデビューを果たすことになる。その頃から実家とは距離を置くようになったそうだ。

現在、獅子堂家の事業は兄が継ぎ、ゆくゆくは舞那斗もそのあとを任されるはずだった。

「だが、検査の結果、舞那斗はオメガだと判定された。知っての通り、オメガ判定が一度出てしまえば、もうその結果が覆ることはない。兄夫婦はショックだったんだろう。自分たちが思い描いていた未来が一瞬で崩れたんだ。向こうで二人がどういう話し合いをしたのかは知らない。帰国後、あの二人はいきなり舞那斗を手放すと言い出したんだ。生みの親であるオメガ女性に、多額の養育費と一緒に舞那斗を押し付けようとしたんだよ」

ところが、そのオメガ女性は金だけ受け取って、舞那斗を置いて別の男と姿を消してしまったのである。しかも、彼女は舞那斗に叔父である獅子堂の家に行くように仕向けたのだ。事情を聴いた獅子堂は、すぐさま舞那斗を連れて獅子堂の実家にのり込んだ。

しかし、兄夫婦も獅子堂の両親も、舞那斗を引き取ることを拒否したのである。

それも舞那斗がいる前で、この家にオメガは無用だと言い放った。

そのあまりの仕打ちに激怒した獅子堂は、部屋の隅で耳を塞いで震えていた舞那斗を見て決心したのだ。こんな身勝手で醜い大人たちの中に、舞那斗を一人残して帰ることはできない。たった一枚の紙切れごときに、なんの罪もない子どもが振り回されるようなことがあってはならないのだ。個よりもアルファの血を何より重んじる場所にいたら、この子は確実に不幸になる。

「あれが自分が生まれ育った家と家族だと思ったら、心底情けなくなったよ。舞那斗はあのあと、極度のストレスで気を失ってしまい、救急搬送されたんだ。病院のベッドの上で目覚めた舞那斗は、記憶を一部失っていた。よっぽどあの家で起きたことを覚えていたくなかったんだろうな。だが、その方がかえってよかった。結局、兄夫婦は病院に顔も出さずに、舞那斗の一切を任せると言ってきた。俺も舞那斗を戻すつもりはなかったから、引き取ると決めたんだ。舞那斗がどこまで覚えているのかわからないし、もしかしたらあれから何か思い出したかもしれないが、一緒にこの家で暮らし始めてすぐに、舞那斗は俺のことをお父さんと呼ぶようになった。俺もあえて何も言わずに返事をした。それでいいと思った」

そうして獅子堂と舞那斗は新たな家族としてスタートを切ったのである。

晴輝も獅子堂から舞那斗との関係性を聞くまで、本当の親子だと信じていたくらいだ。獅子堂が舞那斗を大事に思う気持ちは十分伝わってきたし、舞那斗も獅子堂をとても慕っている。晴輝は獅子堂の家族について知らないので想像するしかないが、それでも舞那斗は獅子堂に引き取られてよかったと、心から思った。

「舞那斗くんに、獅子堂さんがいてくれて本当によかったです」

獅子堂と目が合う。晴輝は少し躊躇って、続けた。

「実は、俺の両親もアルファなんです。うちは家系がどうとかではなく、普通に恋愛結婚だっ

たんですけど、俺は子どもの頃から割と体格もよくて、成績も優秀だったんで、周囲からは絶対にアルファだと言われて育ちました。でも、十歳の頃に受けたバース検査ではベータ判定だったんです。それでもまだベータの場合は確定じゃないし、今後の検査でアルファ判定が出るって信じてました。それが、結局最終的にはオメガ判定で——両親も、本音はがっかりしたんだと思います」

舞那斗と違うのは、晴輝の両親は、晴輝がオメガだと報告し、芸能界を引退すると伝えると、すぐさま当時自分たちが暮らしていた海外の地に呼び寄せてくれたことだ。おかげでマスコミに下手に追いかけ回されずにすんだ。

「両親は海外で事業経営しているんですけど、アルファの弟が跡を継ぐ予定です。向こうでもやっぱり差別はあって、特に上流階級の人たちはオメガには厳しいんです。環境的に両親はそういう人たちとの交流が欠かせないですし、弟も跡継ぎとしてお披露目されたばかりだったんで、ちょうどタイミングもよかったから俺は帰国することにしました。家族の迷惑にだけはなりたくなかったんですよね」

ふと獅子堂が物言いたげな眼差しを向けているのに気がついた。

晴輝は慌てて言った。

「あっ、別に暗い話なんかじゃないですよ。うちの両親は俺のことを理解してくれているし、

今も定期的に連絡を取っています。帰国してからうちの社長と始めた家事代行サービスの仕事も俺の性に合っているみたいで、すごく楽しいですから。いろいろな出会いもあって、学ぶことも多いですし、感謝されたら嬉しいし、誇りを持っていますよ」

前の仕事よりよほど自分に向いている。

晴輝の話を黙って聞いていた獅子堂が、ふいにソファから立ち上がった。

「一緒に来てくれないか」

「え？　ああ、はい」

獅子堂のあとについていくと、仕事部屋に通された。晴輝は僅かに緊張する。最初からこの部屋だけは掃除をしなくてもいいと言われているので、まともに入ったのは初めてだ。

何度かドアの隙間から垣間見た印象の通り、機材がたくさん置いてある仕事専用の部屋だった。電子ピアノやギターもある。

獅子堂は椅子に座ると、手慣れた動作でＰＣのキーボードを操作し始めた。

まもなくしてスピーカーから流れてきた曲に、晴輝は目を瞠った。

「この歌……」

晴輝のお気に入りのあの曲――『ペンギン』だ。

どうしてこれを獅子堂が所有しているのだろう。世間一般には出回っていないはずである。

八年前、晴輝がまだ『ハル』として芸能活動をしていた頃、当時発売予定だったソロアルバムの収録候補作になっていたうちの一曲だからだ。

その後、晴輝の引退でソロデビューは白紙になり、楽曲も幻となったのである。晴輝はすでに曲のデータだけはもらっていたので、当時の自分の立場や心境と重なってより心に刺さったこの曲だけは、日本を離れたあとも繰り返し聴いていた。

曲を止めて、獅子堂が言った。

「これは、俺が作った曲なんだ」

「え？」

晴輝は一瞬自分の耳を疑った。驚いて凝視する晴輝を見つめ返し、獅子堂は続けた。

「当時は、立て続けにいくつか賞を取ったこともあって、いろいろな仕事のオファーがあったんだ。その中の一つが、これだった」

顎をしゃくって、デスクトップをさし示す。大きな画面には『ペンギン』のプロジェクトが写し出されている。

「もともと作詞の勉強もしていたから、珍しい作詞作曲のオファーには興味があった。だが、男性アイドルのソロ曲だと聞いて、正直受けるかどうかは迷ったんだ。俺はアイドルにまったく興味がなかったし、そもそも俺の作る曲がキラキラしたアイドルのイメージには合わないと

思った。だけど、その男性アイドルを初めて映像で見た時に、それまでのアイドルに持っていたイメージがガラリと変わったんだ」

大勢のファンに向けて一生懸命にうたって踊って、全力でパフォーマンスをする姿が、獅子堂の目に焼きついた。

また、テレビ番組のインタビューでは、インタビュアーがやたらと『アルファアイドル』と連呼し、アルファを持ち上げるのを、そのアイドルは必死に苛立ちを抑えながら淡々と言い返していたのが印象的だった。

——性は関係なく、自分たちのパフォーマンスを見てくれた人が、勇気が出たとか、元気になったとか、そんなふうに感じてもらえたら嬉しいです。そのために僕たちは日々努力するのみです。必死に頑張っている姿は、誰もが等しく輝いていて美しいものだから。そこに優劣なんてないと思います。自分で選んだ道を一生懸命に歩んでいる人はみんな輝いている。僕たちは僕たちのやり方で頑張っている人たちみんなを応援したい。

「その言葉を聞いて、ああ、彼は俺と同じ考えを持っているんだなと思って嬉しくなった。俺もアルファの性に囚われた家族たちにうんざりして家を出た人間だから、彼の言いたいことがよくわかった。そこから彼に興味を持って、この曲が生まれたんだ」

晴輝は俄には信じられない気持ちでいっぱいだった。

「俺のことを、最初から知っていたんですか」

「初めて会った時に、公園でこの歌が聞こえてきて、まさかと思った。この曲は限られた人間しか知らないからな。それも八年も前のものだ。当時は曲を耳にしていても、ほとんどの関係者がとっくに忘れている。それを歌詞まで完璧に覚えてうたっている、この青年は一体何者なんだ——と、不思議に思っていた」

しかも、不眠症に悩んでいた獅子堂を、その歌声であっさりと眠りに引きずり込んでしまった。

それから獅子堂は当時の記憶を思い返し、晴輝が一昔前に人気絶頂だったアルファアイドルグループ『シックスクラウンズ』の元最年少メンバー、『ハル』だと気づいたという。

「当時は、突然アルバム製作を一旦ストップすると告げられて、不審感しかなかった。その後、ソロ活動の予定もすべてキャンセルになったと聞いて、何が起きているのか疑問だったんだ。それからすぐに、本人が体調不良で芸能界を引退するニュースが流れた。事情は理解したが、不完全燃焼とはああいうことを言うんだろうな。自分の中では気に入っている曲だったから、お蔵入りになって正直すごく悔しかったよ。それ以来、この曲のことはすっかり忘れていたんだが、まさか、あんな形で自分の曲を耳にするとは夢にも思っていなかったな」

獅子堂が苦笑する。

「確か、『シックスクラウンズ』は、メンバー全員がアルファなのがキャッチフレーズになっていたよな」

「はい」晴輝は頷いた。「あの頃、俺はベータなのをアルファだと嘘をついて活動していました。オメガだと判明したのは十七の時です」

当時、『シックスクラウンズ』のアルファアイドルというキャッチフレーズは、商品価値を一層高め、女性ファンからはまるで手が届かない王子様だと崇められていた。身近で親しみがあることをコンセプトとする他のアイドルグループとは一線を画し、絶大な人気を誇っていたのである。

アルファでない晴輝に、最初から価値はなかった。オメガだとわかったら尚更、あの輝かしい場所に自分が立つ資格はないと思った。

「自分がオメガだとわかって、さすがにこれ以上自分を偽って活動を続けていくのは無理だと考えたんです。事務所に相談して、メンバーとも……いろいろあって——、グループを脱退することに決めました。体調不良は表向きで、実際はそれが理由です。まさか、この曲を作ったのが獅子堂さんだったなんてびっくりしましたけど、当時は獅子堂さんにもご迷惑をおかけして、すみませんでした」

晴輝は八年越しの謝罪をして深く頭を下げた。

「いや」と、獅子堂がかぶりを振った。「この曲は自分でも気に入っていたから、あの時、共感した『ハル』に是非うたってほしいと思っていた」

「……本当にすみません」

「どうして謝るんだ。君はちゃんとうたってくれたじゃないか」

獅子堂の言葉に、晴輝は思わず頭を撥ね上げた。

「舞那斗が言っていたよ。高雛くんがうたってくれる歌はどれも好きだけど、中でも『ペンギン』の歌が一番好きなんだそうだ。俺の仕事のことをあいつはよく知らないだろうが、俺の曲を褒めてもらえて嬉しかったよ」

はにかむように笑ってみせた獅子堂に、晴輝は面食らう。

「そ、それは、俺がうたうからじゃなくて、獅子堂さんの作った曲が本当に素敵だからです。俺はずっとこの歌を心の支えにしてきました。落ち込んでいた時に、すごく勇気づけられて、何度も何度も聴きました。大好きです。あ、特に好きな歌詞があって――」

懸命に自分の思いを伝えた。まさか、この曲を作った本人に、あれから八年も経った今になって会えるとは思ってもみなかった。

それが獅子堂だったなんて、なんという偶然だろう。

獅子堂が作ってくれた曲だと思うと、何度も聴いたそれが、いつもとは違う初めて耳にする

ような新鮮な響きを持って聞こえるから不思議だった。歌詞に込められた思いが、これまで以上に晴輝の心を強く揺さぶってくる。

興奮のあまりワンフレーズをうたいきってしまったその時、視界の端でがくっと獅子堂の頭が落ちた。

晴輝は慌てて口をつぐむ。椅子からずり落ちそうになった獅子堂を寸前で抱き留めた。

「すみません。調子にのってついうたってしまいました」

「いや、大丈夫だ」と、獅子堂が必死に眠気に耐えて目をパチパチと瞬かせる。「昨日、一昨日と、あまり眠れなかったからな。やはり君の歌声は最強だよ」

晴輝にもたれかかりながら、獅子堂がふっとおかしそうに笑った。

「舞那斗が、いつも眠る時は高雛くんにうたってもらっていたのにと、君がいない間は寂しそうにしていた。俺が同じ歌をうたっても何かが違うんだそうだ」

「獅子堂さんの声はとても素敵です。データでもらった仮歌は、獅子堂さんがうたっていたんですよね？」

今更ながらその事実に気がついた。色気のある甘い低音。少し切なげで、とても優しく響く歌声に、晴輝はずっと励まされ、癒やされてきたのだ。

顔を上げた獅子堂が目を瞠り、そうして弱ったように鼻の下を指で擦った。

「自分でうたったのはあの時だけだ。仮のものだから、どうせすぐ破棄されるだろうと思っていたが、自分の知らないところでずっと聞かれていたなんて、恥ずかしいな」

目線を外す獅子堂の照れた横顔を見つめて、晴輝は心臓が急速に高鳴るのを感じる。

獅子堂が言った。

「高雛くんがいない夜は、親子してなかなか眠れなくて、二人でずっと高雛くんについて喋っていたんだ。一緒にお風呂に入ったこととか、水族館に行ったこととか」

「そ、そうだったんですか」

「舞那斗はとても会いたがっていたよ」

獅子堂は晴輝が自宅に戻った理由を、舞那斗には別の仕事のためと伝えていたらしい。

そういえば、今日は保育園に迎えに行くと、いつもは手をつないでくる舞那斗が、顔を合わせた途端にぎゅっと抱きついてきた。これまでだっこをねだられたことがなかったので少しびっくりしたのだ。発熱のせいで心細いのだろうと思っていたが、別の意味が込められていたのかもしれない。

「高雛くん、体はもう平気か？」

優しく気遣うような眼差しで問われて、我に返った晴輝は慌てて頷いた。

獅子堂がほっと表情をゆるめ、そうかと思うとひどくバツが悪そうに続ける。

「あの時は、俺も途中から歯止めが利かなくなってしまって、無理をさせたのではないかと心配していたんだ」

「そ、そんなことは全然……っ」

咄嗟にブンブンと首と手を横に振る晴輝は、たちまちカアッと頬を熱くした。

「こ、こちらこそ、巻き込んでしまってすみませんでした」

「そういう体質なんだから、仕方ないさ。それにしても、ヒートというのはあんなふうに急にくるものなんだな。薬を部屋まで取りに行くこともできないなんて大変だろう。これまでにもそういうことがあったのか？」

「いえ。これまでは周期が比較的安定していたので、時期が近づくとあらかじめ薬を服用して備えていました。今回みたいな突発的なものは初めてだったし、その……セッ、セックス自体も初めてだったので、自分でもいろいろとびっくりしてしまって」

「初めて？」

獅子堂が軽く目を瞠った。

「そうか……初めてだったのか。それは、その、大変だったな。何かあったら遠慮なく相談してくれ。デリケートな問題だが、力になれることもあるだろうから」

「……はい。ありがとうございます」

獅子堂がオメガの体質を理解し、心から心配してくれているのが伝わってきた。

嬉しい反面、彼にとって先日の出来事は、人助けのようなものだったのかもしれないと思う。なんの迷いもなく他人の自慰に手を貸してくれた男だ。

晴輝には初めての経験でも、獅子堂ほどの魅力的なアルファなら引く手数多だろう。それこそ中にはヒート真っただ中のオメガもいて、成り行きで相手をすることもあったかもしれない。それがオメガのフェロモンには逆らえない、アルファの性だ。

ちくっと胸が痛んだ。

咄嗟に胸もとを押さえると、獅子堂が遠慮がちに言った。

「もし可能なら、今夜からでも戻ってきてくれないか。君がいないと、なんだか俺たち親子はそわそわしてしまって落ち着かないみたいだ」

様子を窺いながら乞うような声音に、晴輝は俄に脈拍が速まるのを覚えた。

「も、もちろんです。急なお休みをいただいてしまってすみませんでした。今日からまた働かせてください」

頭を下げると、獅子堂が嬉しそうに微笑んだ。

「ありがとう」と、甘やかな低い声で囁く。

その瞬間、鼓膜がぞくりと震えて、なぜか脳裏に先の自分の痴態が蘇った。肌が獅子堂の熱

を思い出したように火照り、腹の奥底でちりちりと情欲がぶり返しそうになる。

晴輝は咄嗟に両手を突っ張って獅子堂から離れた。

「……お、おなかはすいていませんか」

計ったようなタイミングで獅子堂の腹がぐうっと鳴る。

「……すいているかもしれない」

獅子堂が恥ずかしげに言う。晴輝は笑った。

「待っていてください。すぐに何か作りますね」

立ち上がり、急いで部屋を出る。

獅子堂が帰宅する前に、用心して強めの抑制剤を服用しておいてよかった。

晴輝はこっそり熱っぽい息を吐いて、キッチンに向かった。

8

晴輝が獅子堂家に戻った翌日に、ぐらついていた舞那斗の乳歯が抜けた。

その日の朝にはすっかり熱が下がって、晴輝は三日ぶりに舞那斗を保育園に送っていった。別れ際、舞那斗からこんなことを言われたのである。

——ちゃんとおうちにいてね。どっか行っちゃわないでね。絶対だよ！

何度も念を押されて苦笑する晴輝を、保育士が「舞那斗くん、ものすごくシッターさんに懐いてますね」と笑っていた。「大好きなんですよ。お絵描きでもよく高雛さんの絵を描いてますから」

晴輝も舞那斗に好かれている自覚があった。仕事上、子どもと接する機会は多いが、これほどまで全身全霊で懐かれるのは珍しい。晴輝にとってとても嬉しいことだ。

獅子堂と相談して今日は少し早めに迎えに行き、保育園から帰宅したあとも、舞那斗は晴輝にべったりだった。

まるで晴輝がどこにも行かないように見張っているみたいだ。殺風景な庭に彩りを添えよう

と、パンジーの寄せ植えを一緒に作った時も、晴輝の行くところ行くところに舞那斗がカルガモのひなみたいにくっついて回るので、リビングから様子を見守っていた獅子堂も「本当の親子みたいだな」と苦笑していた。晴輝も、そんな舞那斗がとてもかわいく、家政夫以上の愛情を注ぎたくなる気持ちが湧き上がってきて仕方ない。

夕食時に、舞那斗の乳歯がぽろっと抜けた時は、晴輝は獅子堂と一緒になってまるで我が子のことのように喜んだ。

水族館で買ったアザラシ形の小物ケースに、初めて抜けた小さな歯を入れた。獅子堂の提案で記念撮影までして、祝いにケーキも食べた。獅子堂が買ってきたものである。

——高雛くんの復帰祝いにと思って買ってきたんだが、ちょうどよかったな。

何げなく口にした獅子堂の言葉に、晴輝は驚いた。夕食の仕度中に獅子堂がふらっと出かけたのはわかっていたが、まさかこれを買いに行ったとは思わなかった。それも有名店の高級ケーキだ。

「高雛くんが戻ってきてくれて、今日の舞那斗は本当に嬉しそうだったな」

食器の後片付けを手伝いながら、獅子堂が思い出し笑いなんてものをしてみせた。

「君がいない間は、ペンギンのぬいぐるみを高雛くんに見立てて家の中を連れ回していたんだぞ」

「そうだったんですか」

どうりで晴輝の部屋にあったぬいぐるみが、舞那斗の部屋に移動していたわけだ。ペンギンを連れ回す舞那斗の姿を想像して申し訳なく思い、ますます愛おしかった。

洗ったフォークの水を切っていると、受け取ろうとした獅子堂と手がぶつかった。触れ合った瞬間、チリッと静電気のような衝撃がして、晴輝は思わず弾かれたように手を引いた。獅子堂もびくっと驚いたように固まる。宙に浮いたフォークが床に落ちた。

「——す、すみません」

「いや。こっちこそ、悪い」

晴輝はフォークを拾おうと慌ててその場にしゃがむ。ところが鏡のように獅子堂までが同じ動作をしたため、今度はしゃがんだ途端にゴツンと額をぶつけてしまう。

「イタッ」

「っ——」

顔を上げると、獅子堂の顔が視界いっぱいに広がった。びっくりして晴輝は咄嗟に呼吸を止めた。獅子堂も驚いた顔をしてこちらを見つめている。息がかかるほどの距離で視線が絡み合い、なんとも言えない沈黙が落ちる。

ふいに獅子堂の顔がすっと動いた。

真摯な表情を浮かべる端整な顔がゆっくりと近づいてきて、そっと唇を覆われる。

「お父さーん、晴輝さーん、歯磨き終わったよー」

舞那斗の声が聞こえたて、二人はびくっと体を大きく震わせた。たちまち我に返り、急いで離れる。

「こっちだ、舞那斗。リビングで待っていてくれ、今行く」

先に立ち上がった獅子堂が、拾ったフォークを晴輝に渡してきた。「舞那斗の歯磨きチェックをしてくる」と言う彼に、晴輝は黙ってこくこくと頷く。

キッチンに一人になり、晴輝ものろのろと立ち上がった。

腰が抜けそうだ。どうにか踏ん張って、フォークを洗い直し、残りの食器を片付ける。最後の皿を乾燥機に入れてスイッチを押したあと、晴輝は自分の顔が見る見るうちに熱を帯びてゆくのがわかった。

唇にまだ獅子堂の感触が残っている。

額がぶつかったのは事故だが、唇はそうではない。確実に意図を持っていた。だが、獅子堂はどうしてあんなことを――？

舞那斗に呼ばれるまで、晴輝はしばらくキッチンに佇み、思考をぐるぐるさせていた。

それから数日が経った平日の午前。

晴輝はいつものように舞那斗を保育園に送ったあと、帰宅し、掃除をしているところである。掃除機のスイッチを一旦切ると、エプロンのポケットの中でスマホの着信音が鳴った。仕事で外出している獅子堂からだ。

電話に出ると、『高雛くん？』と、獅子堂の声が言った。

『今、家か。悪いが、仕事部屋に行って書類の入った封筒がないか捜してくれないか』

晴輝は急いで二階から一階の仕事部屋に移動する。戸口の横にあるチェストの上にＡ４サイズの茶封筒が置いてあった。

「ありました」

『やっぱり忘れていたか』と、獅子堂が溜め息を聞かせる。

『高雛くん。すまないが、これから家を出られるかな』

「はい、大丈夫ですけど」

『申し訳ないが、その封筒をこれから教える場所まで持ってきてもらいたいんだ。今、打ち合わせ中なんだが、相手に渡すつもりで用意しておいたのに、さっき確認したら鞄に入ってなかったんだよ。急ぎだから、タクシーを使ってくれ』

「わかりました。すぐに届けます」

電話を切ったあと、晴輝はアプリでタクシーを予約すると、急いで掃除機を片付けて、戸締まりをしてから家を出た。

獅子堂の打ち合わせ場所はホテルだった。

晴輝も、以前は雑誌の取材やスポンサー側から招待されたパーティーなどで何度か訪れたことのある外資系ホテルだ。

タクシーを降りて、エントランスに入る。獅子堂に到着したことを連絡すると、しばらくしてエレベーターホールに姿が見えた。

「ありがとう、助かったよ。もう少しで終わるから、そこのティーラウンジで待っていてくれないか。一緒に帰ろう」

晴輝が頷くと、獅子堂はふわっと相好を崩した。「それじゃあ、またあとで」と、晴輝の頭を優しく撫でて、エレベーターに乗り込む。ドアが閉まる前に手を振られ、晴輝も慌てて振り返した。くしゃっと撫でられた頭が熱い。大人になってそんなふうにされる経験はあまりなく、ましてや獅子堂が相手だと不自然に胸が高鳴った。

せわしない鼓動が耳の内側で響いているのを感じながら、晴輝は浮ついた気分で歩き出す。ティーラウンジに向かう途中、「さっきの人、メチャクチャかっこよくなかった?」「誰だろ、

芸能人？　絶対アルファだよね」と、女性の話し声が聞こえてくる。もちろん獅子堂のことだ。

仕事のオファーは絶えないが、獅子堂自身が表舞台に立つことはほとんどない。作曲家シシドウアキラの名は知っていても、そのビジュアルを知る人は関係者以外だと限られてくる。露出を解禁すれば、たちまち人気アーティストか俳優並みに注目が集まるだろう。

わかっていたが、改めて獅子堂という男が多くの人の目を引きつける魅力的なアルファだと思い知らされる。

けれども、一月ほど前の獅子堂は決してあんな目立つオーラを放ってはいなかった。

顔がわからないくらい伸ばしっぱなしのライオンヘアにだらしない無精ひげ。着古してくたくたになったスウェットには、カピカピの飯粒をくっつけていた男だ。

その彼を知っているのは、このホテルにいる多くの客の中でも自分だけだろう。そんな誰と張り合うでもないことを考えて、奇妙な優越感に浸る。

更に、獅子堂についてはそれ以上のことも知っている。

ふいに脳裏に先日の出来事が蘇った。

二人きりになったキッチンで獅子堂にキスをされた。

あのキスにはどういう意味があったのだろう――。

あれからずっと気になりつつも、本人には何も訊けずにいる。獅子堂は相変わらず何を考え

ているのかわからないが、この頃、彼の声音や雰囲気や態度が以前にも増して優しく感じられるのは晴輝の気のせいだろうか。

晴輝はラウンジのソファに腰を沈めて、俄に火照り出した頬に手うちわで風を送った。

最近の自分はおかしい。

空きさえあれば、頭の中は獅子堂のことばかり考えている。

獅子堂という男は、これまで過去に担当したどの顧客とも違っていた。晴輝をまるであの家でずっと一緒に暮らしてきた本当の家族のように扱うから、こちらも変に勘違いしてしまうのだ。舞那斗を間に挟むと、いつの間にか自分たち二人で彼を育てているような錯覚すら起こしそうになって、慌てて己の立場を思い出すことが何度かあった。

子守歌役も、獅子堂が眠りについたあとはこっそり寝顔を見入ってしまう。時折、獅子堂に抱かれた記憶が蘇り、無性に体が切なくなることもあった。

またあの時のように獅子堂に触れてほしいと、本心ではそう願っているのだろうか。

もし、次があるとするのなら……。

——好きものオメガが調子にのるなよ……っ！

ふいに耳鳴りのように忌々しい声が聞こえた気がして、晴輝は甘美な空想からたちまち現実に引き戻された。

ぶるっと身震いする。思い出したくもない過去を蹴散らすように頭を振った時だった。

「ハル？」

ふいに懐かしい愛称を呼ばれて、晴輝は思わず振り返った。半ば脊髄反射のようなものだった。

こちらを向いて立っている人物が視界に入り、はっと息をのむ。自分の目を疑った。

スタイルのいい青年がパッと顔を明るくして言った。

「あ、やっぱりハルだよな？　うわ、久しぶり。髪形とか変わってるし、ちょっとわかんなくて、一瞬声をかけるの迷ったわ。なんか前より逞しくなった？　まあ、あの頃はまだ十六、十七だったもんなあ。顔もかわいかったのが、今は綺麗っていう方がしっくりくるし。どうしてたんだよ。こんなところで何してんの？」

以前と変わらない屈託のない口調に、晴輝は軽い眩暈を覚える。ごくりと自分の喉の鳴る音が聞こえた。

「……准也（じゅんや）」

そこにいたのはかつての仲間だった。

『シックスクラウンズ』の元リーダー、ジュンヤ――松田（まつだ）准也がにかっと笑った。

記憶にあるまだ二十代前半だった頃の彼と比べると、だいぶ雰囲気は落ち着いたが、それは

晴輝にも言えることだろう。

准也は当時からグループ内でも一番背が高く、大人びた容姿をしていたから、年上のファンが多かった。現在は俳優に転身して、繊細な演技でファン層を広げていると、たまたま目にしたバラエティー番組で見た気がする。

さすが現役の芸能人だ。もともとの彼が持つアルファの風格も合わさって、周囲とは別格のオーラがある。

なぜこんなところにいるのだとは、晴輝のセリフだった。

つい今し方、過去の嫌な記憶とともに脳裏に浮かんでいた相手が現実にそこにいる。まるで悪夢のような再会の仕方に理解が追いつかない。

准也がマネージャーらしき男性に何やら話して遠ざける。そうしてすぐに近づいてきた。

「アメリカに行ったって聞いたけど、帰国してたんだな。こんなところで再会するなんてすごい偶然。俺は、さっきまでここの上で取材を受けていたんだけど、ハルは？　誰かと待ち合わせか？　今何してんの？」

旧友との再会を喜んでみせる准也の態度に、晴輝は苛立ち、息苦しさを覚えた。先ほどからぞっとするほど手足が冷たくて、全身に嫌な汗を掻いている。これ以上ここにいるとますます気分が悪くなりそうで、晴輝は焦ってソファから腰を上げた。

「ごめん、仕事中だから。もう行かないと……」

足早にティーラウンジを出たところで、追いかけてきた准也に腕を掴まれた。

「ちょっと待って、ハル。せっかく会えたんだからさ、今度一緒にごはんでも食べに行こうよ」

「……っ」

冗談じゃない。肌がぞわっと粟立ち、晴輝は反射的に無神経な手を振り払った。

「行けない。忙しいから」

「は？　あ、おい、ちょっと待てって」

ムッとした准也が晴輝のトートバッグを引っ張る。肩からずり落ちたバッグから中身が飛び出て床に散らばった。

晴輝は唇を噛み締めると、急いで私物を拾い集める。さっさと立ち去ろうとしたら、すぐさま腕を掴んで引き留められた。しつこい准也に、本気で吐き気が込み上げてくる。

「痛っ……、本当に急いでるんだ。放してよ」

「わかったから。とりあえず、連絡先を教えて――」

「晴輝！」

もめていた二人の間に割って入るように、低い声が響き渡った。

はっと振り返ると、ちょうどエレベーターから降りてきた獅子堂と目が合った。

准也に引き留められている晴輝を見るやいなや、獅子堂は怖い顔をしてすぐさま駆け寄ってきた。准也の腕を掴み、晴輝を自分の背にかばうようにして間に立つ。

低くすごむように言い放った。

「彼に何か用でも？　俺の連れなんだが」

獅子堂の圧倒的な存在感にたじろいだ准也が思わずといったふうに口ごもる。

「……あ、いや……」

「何もないなら失礼する。晴輝、行くぞ」

晴輝の手を握ると、獅子堂は准也には目もくれずにその場をあとにした。

ひとけのない場所まで移動し、ようやく立ち止まった獅子堂が心配そうに訊ねてきた。

「大丈夫か。顔色が悪い」

「平気です」

晴輝はかぶりを振って答えた。ついさっきまで上手く息ができず過呼吸を起こすのではないかと怯えたが、獅子堂の姿が見えた瞬間、ふっと胸のつかえが取れて楽になった。

獅子堂が一度振り返り、誰もいないことを確認して言った。

「さっきの彼は松田准也だな。元『シックスクラウンズ』のメンバーだろ」

「……はい」

晴輝は頷く。

「このホテルで雑誌取材を受けていたみたいで、たまたま会ったんです。まさかこんなところで再会するとは思ってもいなかったから、ちょっとびっくりして」

「何か言われたのか？」

「いえ。久しぶりだとか、今は何をしているのかとか。仕事中だからと言い訳して、逃げようとしたんですけど、しつこく引き留められて」

「会いたくない相手だったのか」

「まあ、そうですね。引退する前はバタバタして、いい形でグループを離れたわけじゃなかったから。特に彼とはいろいろあって……」

思わず言葉を濁すと、獅子堂が「言いたくなければ無理に話さなくてもいい」と、気を利かせた。

短い沈黙が落ちる。ふいに獅子堂が躊躇いがちに口を開いた。

「前にも訊いたが、君が恋愛に一切興味はないし、したくもないと言っていたあれは、もしかして彼が原因だったりするのか？」

晴輝は目を大きく見開いた。

獅子堂が言いにくそうに続ける。「君がうなされていた時、彼の名前を口にしたんだ。好きになってごめんと、そんなふうに言ってるように聞こえたから」

そんな寝言を口走っていたとは知らず、晴輝はひどく狼狽した。

「……一緒に、グループで活動していた頃に、俺が一方的に好意を寄せていただけです」

当時、リーダーの准也に晴輝が淡い恋心を抱いていたというだけの話だ。それ以上のことは何もない。

「一番年下だった俺は、頼れる兄貴然とした彼に憧れていたし、慕っていました。俺のことをいつも気にかけてくれて、たくさん相談にものってもらって……だから、自分がオメガだとわかった時も、自分ではもうどうしていいかわからなくて准也に相談したんです」

准也なら話を聞いてくれると思ったのだ。意を決して打ち明けた晴輝を、彼は大丈夫だと励ましてくれた。俺たちは仲間なんだから。お前のことは俺たちで守るから、一緒にこれからのことを考えていこう。そんなふうに言ってくれて、晴輝は救われたのだ。同時に、この人のことを好きになってよかったと、そうも思った。

「でも実際は、本音と建前は全然違って、彼は陰で俺のことをボロクソに言っていたんです。仲がいいと勝手に思い込んでたんですけど、本当は嫌われてたんですよね、俺」

准也がマネージャー相手に晴輝の陰口を好き勝手に言っているのを、偶然聞いてしまった。

更には、他のメンバー相手にも、晴輝が准也に気があり、彼を狙っているのだと、面白おかしく話して笑いものにしていたことを、あとになって知った。

——あいつは好きものオメガだから。

信頼していた相手から、陰ではそんなふうに言われていたことがショックだった。

そのことをいまだに引きずっているせいか、晴輝は恋愛にひどく臆病だ。

誰かを好きになるのが怖い。

オメガというだけで、その特異性を蔑まれるのはつらかった。

もうこの先、自分はまともな恋愛ができないのではないか。それならそれでいい。誰かを好きになって、また裏切られて傷つくくらいなら、恋愛とは無縁の一生でも構わない。

「あの男に、未練が残っているのか」

獅子堂に問われて、晴輝はまさかとかぶりを振った。

「それはないです。できればもう二度と会いたくなかったですし」

思わず語気を強めると、獅子堂が申し訳なさそうに言った。

「悪かったな。俺が頼み事をしたばかりに、君を嫌な目に遭わせてしまった。ここに呼び出さなかったら、再会することもなかったのに」

「獅子堂さんが謝る必要はないですよ。准也のことは、たまたまそういう巡り合わせだったたっ

てだけです。書類が間に合ってよかったです。俺はお役に立てて嬉しいですし、それに、助けてくださってありがとうございました」

晴輝は獅子堂を見つめ返して告げた。

「あれ以上、彼とは一緒にいたくなかったので、助かりました。本格的に気分が悪くなってきて、どうしようかと思っていたんです。そうしたら、獅子堂さんの声が聞こえて——獅子堂さんが駆け寄ってくるのが見えて、心の底からほっとしたんです。押し潰されそうなくらい苦しかった胸が軽くなりました」

胸もとを軽く叩きつつ顔を綻ばせたその時、すっと頭上に影が差した。目線を上げた次の瞬間、晴輝は獅子堂に抱き締められていた。

「晴輝はとても魅力的な人間だよ」

焦る晴輝の耳もとで、獅子堂が囁いた。

「仕事に真面目で、周りをよく見ているから、さりげない気遣いがとても上手い。子どもの扱いにも慣れていて、歌とダンスが上手だ。作ってくれるごはんはおいしいし、家じゅう毎日ピカピカで、荒れ放題だった庭には花が咲いた」

耳心地のいい言葉を並べられて、晴輝は狼狽する。獅子堂が僅かに声を低めた。

「二人が仲良く花に水やりをしている様子をリビングから眺める時間が、俺の最近のお気に入

りなんだ。胸がほっこりしてとても癒やされる。晴輝は俺たちにとっての花なのかもしれないな。いつもふわっと花が咲いたみたいな優しい笑顔で見守ってくれているから、そこにいるだけで家の中が明るくなって、俺たちもほっと安心する」

感情のこもった声に、たちまち顔が火照るのを感じた。脈拍が高く打ち出し、密着した胸もとから激しい心音が伝わってしまうのではないかと慌てる。

獅子堂が小さく息を吸って、続けた。

「俺たち親子は晴輝と出会えてよかったと思っているよ。バース性で語るのはあまり好きじゃないんだが、晴輝のことを傷つけたアルファは許せないと思っている。だが、同じアルファでも、君のことを大切に思うアルファだっていることを忘れないでくれ。晴輝の魅力に気づけない奴は本当に気の毒だと同情する」

抱き締められながらそっと頭を撫でられて、晴輝は思わず胸を詰まらせた。ふいに涙が出そうになり、顔を伏せながら必死に目を瞬かせる。獅子堂の高そうなジャケットを汚さないように、急いで離れた。

「……あ、ありがとうございます。励ましていただいて、嬉しいです。もちろん、俺もすべてのアルファがオメガを下に見ているなんて、そんなふうには思っていませんから。獅子堂さん親子と出会えて、俺もよかったと思っています。俺は、対人運はものすごく恵まれていると自

分でも思うんですよ。でもその反面、恋愛運は持っていないのかもしれませんね」

見る目がないんだなと、照れ隠しに冗談めかすと、獅子堂がふっと微笑んだ。

「晴輝は晴輝のままでいい。そのままで十分、魅力的だ。そのうち運命の相手がちゃんと現れるさ」

「……そうですかね」

「ああ、必ず」

優しく頭を撫でられながらそう断言されて、晴輝は胸の奥がぎゅっと軋むような痛みを覚えた。どくんどくんと心臓の音が内耳に響いてくる。高ぶる心で思わずにはいられない。

その相手が、獅子堂だったらいいのに——。

「晴輝？　どうした」

急に黙り込んだ晴輝を獅子堂が心配そうに見ていた。我に返った晴輝は慌てた。

「あ、う……っ、な、名前が……その、よ、呼ばれ慣れてなくて……」

獅子堂が一瞬きょとんとし、「ああ、そうか」とバツが悪そうに頭を掻く。

「さっきは牽制のつもりで、ついそのまま……悪い。嫌なら元に戻すから」

「いえっ、嫌じゃないです」晴輝は咄嗟にブンブンと首を横に振って言った。「嫌じゃないんで……呼んでください」

獅子堂が軽く目を瞠る。次いで嬉しそうに相好を崩した。

「わかった。晴輝」

いつにも増して甘やかな声に、胸を貫かれた気がした。

「実は、舞那斗が『晴輝さん』と呼ぶのを密かに羨ましいと思っていたんだよ。仲が良さそうで」

はにかむようにちゃめっ気のある口調でそんなふうに言われて、心臓が壊れそうなほどの速さで脈打ち始める。

これほどまで目まぐるしい感情を特定の誰かに抱くのは初めてだった。心に頭が追いつかない。それでも、一番大事なことだけは気づいていた。

恋愛に興味はないと。恋なんか二度とするものかと。そんなふうに過去の自分を戒めるように言い聞かせてきたのに。

今の自分は違う。胸をときめかせて、まったく真逆のことを考えている。

獅子堂のことが好きだ――と。

9

真嶋から事務所に呼び出されたのは、獅子堂家で働き始めてちょうど一ヶ月目のことだった。

その日、晴輝は家事を済ませると、買い物の前に自宅アパートに寄った。空気の入れ替えをしていると、真嶋から電話がかかってきたのである。

アパートの部屋の戸締まりをして、念のためトートバッグの中身を確認する。

「財布は……よし、ちゃんとあるな。もう落とさないようにしないと」

先日、ホテルで財布を落としてしまったのだ。気づいたのは獅子堂と地下駐車場に降りるエレベーターを待っている時だった。その少し前に、准也ともめた際に鞄の中身を床にぶちまけていた。急いでいたので確認しなかった晴輝が悪いが、運よく財布を拾った人がフロントに届けてくれたようですぐに戻ってきた。財布の中身も無事だった。

コンクリートの外階段を下りていると、再び電話が鳴った。

真嶋かと思ったが、違った。スマホの画面に表示された名前を見て、たちまち心が躍るのが自分でもわかった。

「もしもし？」

『晴輝？』

回線越しに耳に馴染んだ低音で自分の名を呼ばれて、込み上げてくるくすぐったさに身悶える。浮かれる気持ちを抑え、平静を装って返した。

「はい。どうかしましたか、獅子堂さん」

『買い物のついでに、目薬を買ってきてもらえないか。切れていたのを忘れていた』

「わかりました。えっと、いつも使っているものでいいんですよね」

獅子堂が使用している目薬の商品名を挙げると、獅子堂から『よく知ってるな』と苦笑とともに返ってきた。

「了解しました。あ、『さすが、できる家政夫さんは違う。同じのを二つ頼んでもいいか』

「了解しました。あ、実はさっきうちの社長から電話がありまして、一度事務所に寄ってほしいと言われたので、少し帰りが遅くなります」

『わかった。気をつけて帰ってきてくれ』

晴輝はふわふわする心地で通話を切った。

誰かに恋愛感情を抱くのは八年ぶりだった。獅子堂の傍にいると、何をするにも甘酸っぱい気持ちが溢れてくる。だがその一方で、獅子堂に迷惑をかけてはならないと懸命に自分に言い聞かせた。晴輝はあくまで獅子堂家の家政夫である。そのことを忘れてはならない。色恋にかまけて自分の役目を放棄するようなことがあれば、獅子堂から即刻解雇を言い渡されるだろう。

前任の家政婦がそうだったように。

ほのかな期待に胸を躍らせ、いつかのキスのことを訊いてみたい気持ちは多分にあったが、ぐっと我慢した。

自惚れてはダメだ。逆に、晴輝が獅子堂に顧客以上の感情を持っていると知って、がっかりされる可能性もあるのだ。

獅子堂は晴輝がオメガだろうと気にしない。けれど、晴輝が家政夫としての本分を忘れるような行動をとれば、軽蔑するだろうと思った。

「あの人には、嫌われたくない……」

晴輝は自分の頬をぴしゃりと叩くと、浮ついた心を引き締めた。


雑居ビルにある〈いえもりや〉の事務所に到着すると、すぐさま真嶋に手招きされた。

接客用にパーティションで仕切られたスペースに入る。

「真嶋さん、用って何……」

振り返った真嶋越しに、ソファに腰掛けている人物が目に留まった。来客とは知らず、晴輝は慌てて口を閉ざす。次いで息をのんだ。

「なんで、ここに……？」

ソファから軽く手を上げてみせたのは、准也だった。

晴輝の過去を知る真嶋も困惑の面持ちをしている。立ち上がった真嶋が晴輝の傍に歩み寄り、耳打ちした。

「どういう経緯か知らないが、先ほど急に現れてハウスキーパーを頼みたいと言われた。しかも、お前をご指名だ」

晴輝は思わず眉をひそめた。

明らかに晴輝に会うための口実だ。なぜここがわかったのだろうか。

「真嶋さん、少し二人にしてもらっていいですか」

何かを察した真嶋は、晴輝の肩にぽんと手を置いて接客スペースから出ていった。

晴輝は一つ息を吸い、准也と向かい合って座った。

「よう、三日ぶりだな」

「どうして俺がここにいるってわかったの」

平静を装って訊ねる。准也はハイブランドの上着のポケットから一枚の名刺を取り出すと、晴輝に向けてひらひらと振ってみせた。

それが自分のものだと知ると、晴輝はますます眉間の皺を深める。

「お前の財布を拾ってやったの誰だと思ってんだよ。心配しなくても、抜いたのはこれだけだ

から」

准也が悪びれたふうもなく言った。財布の中身は確認したが、名刺を入れていたことまでは覚えていなかった。

「家事代行サービスね。ふうん、今はこんなことをしてるんだな」

准也が物珍しげに名刺を見やる。晴輝は努めて冷静に返した。

「うちは庶民派向けのサービスだから。セレブ御用達の家事代行サービス会社なら調べればいくつか見つかるだろうし、そっちをお勧めするよ。准也が希望するような高度なサービスは、うちじゃ提供できかねます」

「えー、この人にはこんなサービスまでしてるのに？」

准也が大仰に言って、すっとテーブルの上にスマホを置いた。

画面に映し出された画像を見て、晴輝は思わず押し黙った。映っていたのは晴輝と獅子堂だ。場所はホテルの一角。獅子堂が晴輝を抱き締めている。

すうっと頭から血の気が引いていくのを覚えた。

「この人、作曲家のシシドウアキラだよな？」

准也が問いかけてくる。

「あの時も急に現れてびっくりしたけど、こんな超売れっ子作曲家となんでお前が一緒にいる

んだよ。しかも、こんなことまでしちゃってさあ」

ぎくりとした。心臓が不自然なまでに速く激しく鳴り出す。

「もしかして、付き合ってるとか？」

「違う！」

晴輝は咄嗟に否定した。准也が驚いたように目を瞠る。

「俺は、獅子堂さんのお宅にハウスキーパーとして入っているだけだよ。それに、この画像だって、たまたま俺がふらついたところを支えてもらっただけだから」

苦しい言い訳なのは自分でもわかっていた。准也がプッと噴き出した。

「支える？　いやいや。これ、誰がどう見たって抱き合ってんじゃん」

笑われて、晴輝もそれ以上は何も言えなくなる。どうにかして上手くかわせないだろうか。必死に思考を巡らせていると、准也が意外そうに言った。

「そういえば、シシドウアキラって大のオメガ嫌いじゃなかったっけ。そういう噂を聞いたけど」

蔑むような視線が向けられる。

「まさかお前、この人の前でもアルファのふりをしてるのかよ」

「……してない。獅子堂さんは、俺がオメガだって知ってるから。ここのスタッフもみんな知

ってる」

正直に告げると、准也は面食らったような表情をしてみせた。

「ふうん、ここでは隠す必要がないってことか」

「もういいかな。俺、まだ仕事が残ってるから。そっちだって暇じゃないだろ」

アイドルだった当時とはまた勝手が違うだろうが、今だって人気上昇中の若手俳優である。ここにもわざわざ忙しいスケジュールの合間を縫って来ているはずだ。

その時、准也のスマホが着信を知らせた。准也がチッと舌打ちする。どうやら仕事の電話のようだ。

准也はスマホを手にして立ち上がった。「それじゃ、ハウスキーパーの件よろしく」

「え？　ちょっと待って。引き受けるとは言ってない」

晴輝が慌てると、准也がちらっと振り向いて言った。

「これ、マスコミが飛びつきそうなネタだよな。売れっ子作曲家と元アルファアイドル。あっ、アルファじゃなかったっけ。アルファのふりをしてた嘘つきオメガアイドルくん」

「……っ！」

准也はにやりと唇を引き上げると、詳細はまた連絡すると言い残して帰っていった。

それから二日後、晴輝は高級住宅地の中にあるマンションを訪れていた。

結局、准也の依頼を断れなかったのである。

頭にはずっと例の画像のことがあった。あれを世間に公表されたら、獅子堂にどれほどの迷惑がかかるか想像しただけで身が竦む。

准也が何を考えているのかわからないが、怒らせるのは得策ではないと思った。画像を人質に取られている以上、頑なに断る方が怖い。

獅子堂には「急な依頼で人手が足りないから」という理由で、一日だけ別の顧客宅での仕事を受けることを了承してもらった。もちろん、相手が准也だとは言っていない。

晴輝は覚悟を決め、随分と身構えて准也の家を訪ねた。

ところが、准也は急いでいたのか、家の中のことをざっと説明しただけで、「じゃあ、あとは任せる」と、すぐに仕事で出かけていった。

晴輝は拍子抜けする。

准也から受けた依頼内容は、ごく一般的なもので掃除と食事の準備だった。

獅子堂宅を初めて訪れた時ほどのインパクトはないが、准也が暮らすタワーマンションの一室は、男の一人暮らしらしいほどほどの散らかり具合だ。

広いリビングにはトロフィーがいくつか飾ってあった。

どれも見覚えのあるものばかりだ。アイドル時代に受賞したそれらを見て、晴輝もつい感傷に浸ってしまいそうになる。

准也はその後、俳優に転身したが、元アイドルの肩書が重荷になっていたと、獅子堂が読んでいた雑誌のインタビュー記事に書いてあった。ようやく、昨年出演した人気漫画が原作の映画が当たり役で各方面に取り上げられるようになり、更に前クールに主演したドラマが話題になって、俳優として一気に名前が知られるようになった。逃げるように芸能界を引退した晴輝とは反対に、彼はこの世界で生きていくことに決めたらしい。厳しい世界だと知っているから、彼の負けず嫌いで真っすぐなところは尊敬している。

准也は自炊をしないのか、キッチンは綺麗だった。

仕事の関係で体を絞っている最中のようで、料理の作り置きを頼まれていた。たんぱく質中心のメニューを一週間分。事前に聞かされていたので、いろいろと考えてある。

准也が帰宅予定までの約四時間、晴輝は黙々と働いた。

あっという間に時間が過ぎて、准也が帰宅した。

「へえ。お前、こんなこともできたんだな」

片付いた部屋を見渡し、冷蔵庫の中身もチェックして、感心したように言う。

一つ仕事を終えて一旦帰宅しただけの彼は、これからまた別の仕事で出かけるようだ。

「じゃあ、俺はこれで。請求書は後日郵送になりますので」

書類にサインをもらい、さっさと帰ろうとした晴輝を准也が引き留めた。

「まあ、ちょっと座れよ。話があるんだ」

冷蔵庫から烏龍茶のペットボトルを取り出し、グラス二つに注ぐと、片方を晴輝の前に置いた。ソファに座れと目線で促される。

迷っていると、准也が言った。

「実はさ。ソロデビューの話があってさ」

「え？」

「この前出演したドラマの中で歌唱シーンがあったんだけど、あれが結構好評で、そういう話が出たらしくて。事務所ものり気で、トントン拍子に話が進みそうなんだよ」

「そうなんだ。おめでとう」

思いがけない話に驚きつつも、晴輝は素直に祝福の言葉を口にした。

「それでさ。その俺のデビュー曲を、シシドウさんに作ってもらいたいんだよね」

准也が前のめりになって言った。

「お前がソロデビューする予定だったアルバム。あの中にシシドウさんが作った曲も入る予定

だったんだろ？」

　晴輝は驚きに目を瞠った。どうしてそのことを彼が知っているのだろうか。晴輝ですら八年越しに獅子堂本人から聞いて、つい最近知ったのである。

　訊ねると、准也は晴輝も見たことのない、当時アルバムに収録予定だった曲のリストを偶然見たのだと言った。

「本当にもったいないよなあ。予定通りアルバムを出していたら、間違いなく話題になっただろうに。事務所もお前のためにそうそうたる作詞家作曲家を用意してさ。あれでオリコン一位を取れなかったらおかしいだろってぐらい。特にシシドウアキラは、当時も楽曲のオファーが各方面から殺到していて、誰がその権利を勝ち取るか注目されていたからな。ホント、なんでお前が——って、あの時は思ったよ」

　准也の目から一瞬笑みが消えて、晴輝は固まった。

「結局、あれ以来、一度もアーティストに楽曲提供をしてないんだよな。今、大ヒットしてる劇場版アニメの劇中曲が、神曲だって話題になってるの知ってるか？　あれを作ったのがシシドウさん。海外からも注目されててさ、海外の有名アーティストもＳＮＳに上げたりしてる。間違いなく、今日本で一番注目されてる作曲家だよ。俺さ、シシドウさんの曲でデビューしたいんだよね」

唐突に話が飛んだ。晴輝は目を瞬かせた。

「現状で、そこそこ売れると踏んでるから、事務所もプロデューサーも前のめりでこの企画を進めてる。けど、そこそこじゃ困るんだよ。どうせやるなら華々しくデビューして、ドンと売れたい。それには、もう一段階上の注目される要素が欲しい。プロデューサーやマネージャーにも相談してシシドウさんサイドに何度もオファーしてるんだけど、全然いい返事がもらえないんだよな。それでさ、ハルに頼みがあるんだけど」

嫌な予感がした。咄嗟に身構えると、案の定、准也が思った通りのことを口にする。

「シシドウさんに俺の曲を書いてくれるよう頼んでくれないか」

「……そんなの、できるわけないだろ」

「なんで？　お前とシシドウさんの仲だろ。お前の頼みなら聞いてくれるんじゃないの」

准也が意地の悪い笑みを浮かべて、スマホ画面をこちらに向けた。例の画像を見せられた晴輝はたちまち青褪める。

「だから、俺たちはそういうんじゃ……」

はあ、と溜め息で晴輝の言葉を遮ると、准也がふと声音を落として言った。

「お前もさ、昔のことあれこれほじくり返されるの嫌だろ」

記憶よりも低くて滑らかな、よく通る声が続ける。

「芸能界引退の理由が、アルファアイドルとしてデビューしたのに、実はオメガだとわかったのでばれる前に辞めました――なんて、今更みんな興味ないだろうけど。でも、突然姿を消した元シスクラのハルが、今はシシドウアキラと付き合ってるっていうなら、別じゃない？　マスコミがこぞって根掘り葉掘り探ってくるぞ」

脅すような口ぶりに、ぞっとした。

晴輝もかつてはそちら側の世界にいた身だ。マスコミのしつこさを嫌というほど知っている。

准也がふんと白けたように鼻を鳴らした。

「どうせ、もうそういう仲なんだろ。あっちはアルファで、お前はオメガなんだし。何もないって距離感じゃなかったよな？」

再びスマホの画面を向けられて、晴輝は反射的にびくついた。

准也が一瞬虚をつかれたような顔をする。にやりと目を細めて、くっくと嘲笑うように喉を鳴らした。「やっぱりそうなんじゃん。相変わらずわかりやすいよなあ、お前は」

カアッと全身が火を噴いたように熱くなった。

一刻も早くこの場から消えたかった。晴輝はひったくるように荷物を持つと、目を合わせずに「失礼します」と頭を下げて、玄関に急ぐ。

背後で「シシドウさんへのオファーの件、頼んだぞー」と、准也の声が聞こえた。

「何かあったのか？」

獅子堂の声で、晴輝ははっと我に返った。

夕食を終えて、リビングで三人揃ってテレビを見ていたところである。

舞那斗は今嵌まっているバラエティー番組に夢中だ。ラグの上に座って洗濯物をたたんでいた晴輝を、獅子堂がソファの背に肘をつきながら心配そうに見ていた。いつの間にか物思いに耽り、手が止まっていた。

「あ、すみません。ちょっと考え事をしていて」

手に持ったままのアンダーウエアを急いでたたむと、獅子堂が怪訝そうに言った。

「今日は戻ってきてからずっとぼんやりしているな。鍋も焦がしていたし」

ぎくりとする。准也のマンションから帰宅し、すぐに夕飯の仕度に取りかかった晴輝だったが、今日はうっかりミスを連発してしまった。食材を間違えて切るし、塩と砂糖を間違えそうになるし、鍋も焦がした。舞那斗にまで心配をかけてしまい、反省している。

「昼間の仕事で何かあったのか？」

問われて、晴輝は動揺する自分を内心で叱咤した。

「いえ、なんでもないです。えっと……そう！　歌の歌詞が、全然思い出せなくて……」

「歌詞？」

咄嗟に思いついたのは、さっきまで舞那斗と一緒にうたっていた最近流行りのアイドルソングである。二人とも歌詞をど忘れしたことを話すと、獅子堂がすぐにスマホで調べてくれた。

「こうやって見ると、キャッチーなフレーズが満載だな」

獅子堂が興味深そうにスマホの画面をスクロールしながら眺めている。

「獅子堂さんは、また『ペンギン』みたいに、誰かアーティストへの楽曲提供はしないんですか」

思い切って訊ねると、獅子堂が顔を上げた。

「今のところその予定はないな」

「……そ、そうなんですね」

「どうしてそんなことを？」

「え？」晴輝は焦る。「それは、その、『ペンギン』の大ファンとしては、また獅子堂さんが作った曲を聴いてみたいな、なんて思ったりして……」

「あれは我ながら例外だからな。俺が唯一、歌手に興味を持って自ら作りたいと思った珍しいパターンだ」

獅子堂が僅かに目を細めて、懐かしむように言う。「またあんなふうに、創作意欲を掻き立

てくれる歌手に出会ったら考えるだろうが、なかなかそんな相手はいないだろ」

ちらっと流し目で見られて、晴輝は思わず胸をときめかせた。

「晴輝がうたってくれるなら、そうだな。子守歌でも作ろうか？」

冗談めかしてそんなことを言われて、晴輝は笑いながら小首を傾げた。

心が浮ついている。

獅子堂に唯一楽曲提供を受けた自分が彼の特別みたいで、優越感が込み上げてくる。できることなら、獅子堂には自分以外の誰かのために曲作りをしてほしくない。ましてや、獅子堂の人気を利用しようとしているだけの准也には、獅子堂の歌をうたってほしくなかった。

それ以前に、准也の話を切り出せば、獅子堂は当然いい顔をしないだろう。晴輝との過去のいざこざを知り、獅子堂の中で准也の印象は決していいとは言えない。ホテルでの一件もあって、むしろ悪印象しかないのではないか。准也側からは何度も交渉を持ちかけていると聞いた。獅子堂が一向に首を縦に振らないのなら、それがもう答えだろう。

やっぱり、准也には断ろう。

だが、問題はあの画像だ。どうにかして削除できないものだろうか。

物思いに耽っていると、ふいに獅子堂が「そうだ、忘れていた」と腰を上げた。

仕事部屋から何やら箱を持って戻ってくる。異国情緒溢れるパッケージに晴輝はなんだろう

かと不思議に思う。

「宝生からのみやげだ」

「え、宝生さんってもう帰国されたんですか？」

びっくりした。当初の予定が早まり、急遽昨日帰国したという宝生は、晴輝の外出中に獅子堂家を訪ねてきたのだそうだ。彼からのみやげはお洒落な瓶に入ったジャムとコンフィチュールの詰め合わせと上等なチョコレートだった。

「晴輝には本当に世話になったと話したら、宝生も是非会いたいと言っていたぞ」

「ああ、そうですよね。俺も電話で話しただけで、まだ面と向かってちゃんと挨拶をしていないので、お会いしたいです」

公園で一度会っているが、あの時とは状況がまったく変わっている。獅子堂家で働き始めた当初は、時々心配して電話をくれる宝生に、親子二人の好みや習慣をいろいろと教えてもらったのだ。晴輝も彼には一度会って礼を言いたかった。

ふいに獅子堂がカレンダーを眺めて、しみじみとした声を漏らした。

「晴輝がここに来てからもう一ヶ月以上が経つんだな」

なぜかどきりとした。

「そうだ。舞那斗とも話したんだが、最後にまた三人でどこかに遊びに行かないか。舞那斗は

今度は動物園に行きたいんだそうだ。俺も来週には予定を空けられそうだから、一緒にどうかな」

「動物園ですか。いいですね、是非行きたいです」

晴輝がもちろんと頷くと、獅子堂が嬉しそうに微笑んだ。その笑顔を見た途端、晴輝の心臓に疼痛が走る。

ショックを受けている自分がいる。最後にまた三人でどこかに遊びに行けたら――獅子堂はそう言った。まるで晴輝がここを去る前の最後の思い出作りみたいだ。

だが、宝生が戻ってきたのなら、晴輝がこの家の家政夫を務める必要がなくなるということである。宝生が出張中の約一月半。最初から晴輝が受けた依頼内容はそういう契約だった。

この一月で、獅子堂との距離感が明らかに変化したのは自覚していた。

キスをされた時は、もしかしてと期待もした。晴輝が自惚れてしまうくらいには、獅子堂は晴輝にとても優しかった。優しすぎるくらいだった。

しかし、今の会話で改めて思い知らされる。晴輝と獅子堂の関係は、あくまで家政夫とその依頼主。それ以上ではないのだと、暗に最初から何も変わっていない事実を突き付けられた気分だった。

結局、あのキスの真相はわからないままだ。けれでも、獅子堂の気持ちを知りたい思いは急

速に萎んで、もはや記憶から消し去った方がいいような気すらしていた。調子にのって先走ってしまえば、また過去の繰り返しだ。獅子堂に、勘違いをしてもらっては困ると弱った顔で言われたら、晴輝は今度こそ立ち直れなくなってしまう。

何も、そんな博打を打つことはない。

まだ大丈夫だ。深みに嵌まる前に獅子堂から離れれば、傷は浅くてすむ。

何をしなくても、その日はやってくる。

もうすぐ、自分はここを出ていかなければならないのだから。

その更に二日後の土曜の夕方。

獅子堂から事前に聞かされていた通り、宝生が訪ねてきた。晴輝は舞那斗と相談して宝生をもてなすメニューを決め、ディナーを振る舞った。

テーブルいっぱいの料理を前にして、宝生が顔を綻ばせた。

「高瀧くんは料理もお上手なんですね。和食が恋しかったので、とても嬉しいです」

海外に一月以上滞在していた宝生は、やはり日本の味に飢えていたようだ。晴輝も経験があるので、その気持ちはよくわかる。あえて和食中心のメニューにして正解だった。

「それにしても、獅子堂の大変身には笑ったな」

好物だというエビの天ぷらにかぶりつきながら、宝生が面白おかしく話した。

「日本を発つ前までは、やさぐれてぼっさぼさの頭に目つきが悪い飢えたライオンのような姿をしていたくせに。戻ってきたら急に毛並みのいい雄ライオンになっていてびっくりしたよ。高雛くんに言われて、ようやく美容院に行ったんだって？　俺が何度行けと言っても面倒くさがって、はぐらかすばかりだったのに、どういう心境の変化だろう？　イメチェンして、かっこつけたくなるような相手でもできたのか」

「……っ！　ごふォッ、ゲホゲホッ」

急に水を向けられて、黙々と肉じゃがを頬張っていた獅子堂が突然むせた。

晴輝は急いでティッシュボックスを差し出す。「大丈夫ですか」

ティッシュペーパーで口もとを押さえた獅子堂が、ひどくバツが悪そうな声でぼそっと言った。「すまない」

盛大にむせたせいか、顔に血が上って赤くなっている。頬に肉の破片がくっついているのを見つけて、晴輝はそっとティッシュペーパーで拭ってやった。獅子堂がぎょっとしたふうに目を瞠り、「ありがとう」と蚊の鳴くような声で言う。顔の赤みはまだ収まらず、しきりに指で鼻の下を擦っている。

その様子を対面からにやにやと眺めていた宝生が、「かっこ悪いねえ」と、からかう。獅子堂がキッと睨みつけて、「うるさい！」と言い返した。

賑やかな食事を終えて、ふと見ると、舞那斗と宝生が何やらこそこそと話していた。

舞那斗は宝生が戻ってきて嬉しそうだった。獅子堂も宝生相手には日頃聞かないような軽口を叩いている。仕事仲間であり友人だと聞いていたが、本当に気心の知れた仲だとわかる。晴輝がこの家にやってくる前までは、宝生が出入りしていたのだ。当然ながら二人の信頼も厚い。

それはわかっていたことなのに、晴輝は無性に疎外感を覚えて居心地が悪くなった。

舞那斗が笑って宝生に耳打ちしている。二人で何をこそこそ喋っているのだろうか。胸がもやもやする。これまでその場所にいたのは宝生ではなく自分だったのに。

「へえ、すごい。舞那斗くん、漢字まで書けるようになったのか」

「うん。晴輝さんに教えてもらったんだ」

ノートに覚えたての漢字を書いてみせる舞那斗は、宝生に褒められて誇らしげだ。

手持ち無沙汰になり布巾でテーブルを拭いていると、ふっと隣に気配を感じた。いつの間にか宝生がいて、眼鏡越しににっこりと微笑まれる。

「急な出張だったもので、この家のことが一番の気がかりだったんですよ」

宝生がおもむろに切り出した。

「高雛くんのおかげで本当に助かりました。獅子堂は、あなたに自分の子守歌係までやらせていたそうで」

「ああ、いえ。獅子堂さんが不眠症だって聞いて、俺も睡眠障害を患ってつらかった経験があるので」

晴輝の言葉に、宝生が初耳だと目を瞠る。だが、晴輝の過去は獅子堂から聞かされていたのだろう。「当時のストレスは相当だったでしょうね」と、慮るように言った。

「実は、出張先から獅子堂に電話をかけた際に、いつも気だるげだった声が久々に張りのあるものに戻っていて、驚いたんですよ。珍しく興奮気味に『不眠症が治った』と、報告されました。ずっと悩んでいたので、高雛くんにはとても感謝していましたよ」

「そうですか。お役に立ててよかったです」

「なんですかね、高雛くんの歌声には何か特別な力があるんでしょうか」

「さあ？　それは俺にもよくわからないんですけど。本当になんでなんでしょうね」

首を傾げると、宝生がプッと噴き出した。晴輝も釣られて笑ってしまう。

「正直に言うと、私が帰国する前に、また家政夫とトラブルを起こしてクビにしていたらどうしようかと気が気じゃなかったんですよ」

宝生が声のトーンを僅かに低めて言った。

「大量の仕事と不眠症を抱えて舞那斗くんと二人きりの状態で、あいつは一体どうするつもりなんだろうと本気で心配していました。でも、杞憂でしたね。こっちに戻ってきて、最初にここを訪れた時に、明らかに以前とは家の雰囲気が変わっていることに気づきました。今日あなたに会って、確信しましたよ。舞那斗くんもとてもあなたに懐いているし、獅子堂に至っては言わずもがなですけれど」

「？」

晴輝と目を合わせた宝生が意味深に笑みを深めた。

「あの夜、あの公園であなたに会えて本当によかった。高雛くん、ありがとう。いろいろとお世話になりました。まだしばらく私の方がバタバタしそうなので、もう少しお願いしますね」

丁寧に頭まで下げられて、晴輝は慌てて首と手を横に振った。

その一方で、胸中にもやもやとしたものが広がる。宝生から改まって礼を言われたことに、どことなく引っ掛かりを覚えていた。獅子堂が言うならわかる。どうしてそれを宝生が我が物顔で言うのだろうかと、意味のわからない屁理屈を捏ねてしまいそうになる。

契約期間中はこの家のことを任せるが、それを過ぎれば晴輝の役目は終わりだ。

あとは宝生に任せて、君はまた別の家に家政夫として出向けばいい。

そんなふうに一方的に引導を渡されたような気持ちになるのを止められなかった。

きっと宝生の言葉に他意はないのだろう。頭ではわかっているのに、心がどうしようもなくひねくれる。そう考えてしまうのは、もうこの家が晴輝にとって離れ難い大切な場所になってしまっているからだ。

一旦仕事部屋に入った獅子堂が書類の束を持って部屋から出てきた。

「宝生、ちょっと」

呼ばれて、宝生が獅子堂のもとに向かう。

顔を突き合わせて仕事の話をしている二人を遠目に見やり、晴輝は思わず顔を顰めた。胸にちくちくとささくれ立つような不快感が込み上げてくる。

親しげに笑い合う二人と、片や布巾を持って佇む自分。歩いてたった数歩の距離なのに、その間には晴輝が絶対に踏み込んでいけない透明な分厚い壁がある。

自分が宝生に嫉妬していることに気づいた瞬間、晴輝はますます惨めになった。

宝生を見送ったあと、晴輝は舞那斗と一緒に風呂に入り、子ども部屋に連れて上がった。

舞那斗を寝かしつけてリビングに下りると、獅子堂がソファで雑誌を読んでいた。

ふと目に入った雑誌の表紙を数人の役者が飾っていた。その中に准也を見つけてぎくりとする。出演するミュージカルの特集記事が組まれているらしい。

晴輝の視線に気づいたのだろう。

獅子堂がさりげなく雑誌を裏返した。晴輝を気遣っての行為だとわかる。獅子堂の優しさに嬉しくなる一方で、内緒で准也と会っていたことを後ろめたく思う。

獅子堂があくびを噛み殺した。

「もう、寝ますか？」

訊ねると、獅子堂は「そうだな」と頷いた。昨日は徹夜仕事だったようだ。雑誌を手に持ってソファから腰を上げる。その際も、晴輝に表紙を見せないようにする気遣いを忘れない。寝室に向かう獅子堂のあとに晴輝もついていく。

獅子堂はいつものようにベッドに横になった。晴輝も椅子に腰を下ろす。

「今日は何をうたいましょうか」

「そうだな」と、上掛けを引っ張った獅子堂がふと枕もとを見上げた。

「この歌をうたってくれないか」

ベッドヘッドに立てかけてあるのは、ペンギンのぬいぐるみだった。舞那斗が気まぐれに取り換えるので、今は晴輝の部屋に獅子堂のシャチのぬいぐるみが置いてある。

晴輝は笑って頷いた。

ゆっくりと息を吸って、獅子堂が手がけた『ペンギン』をうたい出す。

「……相変わらず、晴輝はいい声をしているな」

目を瞑り、すでにうつらうつらとしていた獅子堂が夢心地のような声で言った。

いい声というなら、獅子堂の少し切なさを帯びた色香のある甘い低音こそ魅力的だ。

晴輝には、彼の声で仮録音された『ペンギン』を、毎日のように聴いていた時期があった。落ち込んでいた晴輝を励まし、勇気づけてくれた声だ。

不眠症の獅子堂にとって晴輝の歌声が必要だったように、当時の晴輝にとって獅子堂の歌声はなくてはならないものだった。立ち止まっていた晴輝を前向きにさせてくれた、宝物のように大切な歌声である。

まもなくして、獅子堂から寝息が聞こえ始めた。

ペンギンのぬいぐるみを抱き締めたまま眠ってしまった獅子堂を見て、晴輝は思わず頬をゆるめた。

ふいに水族館で交わした言葉が脳裏に蘇る。

――俺はこの子を一目見て、高雛くんにそっくりだと思ったぞ。

そのそっくりなペンギンを大事そうに抱き締めている獅子堂を見つめて、胸の奥がぎゅっと潰れた。

邪魔になるといけないのでぬいぐるみをどけようと試みる。だが、逞しい腕は離そうとしな

かった。

諦めて、めくれた上掛けをそっと肩まで引き上げると、獅子堂の口からぽつりと晴輝の名前がこぼれた。

不意打ちにびくっとした。少し掠れた甘い声に「晴輝」と呼ばれた瞬間、胸の奥がぶわりとさんざめき、たちまち熱を持つ。

呼び方を変えなければよかったと、今更ながら後悔した。『高雛くん』のままでよかったのに、どうして獅子堂は変えたのだろう。晴輝もそれを承諾したのだろう。

あの時は、期待していたのだ。

獅子堂の一挙手一投足に胸を躍らせて、心が浮ついていた。もしかしたら、この人がオメガである自分のすべてを受け入れてくれる、運命の相手なのかもしれない。そんなふうに考えて、期待に胸を震わせた。

しかし、どうやらすべてが晴輝の自惚れだったようだ。

あと一週間もしたら、晴輝はこの家を出ていく。

うっかり先走って、獅子堂に自分の高まった想いを感情任せにぶつけなくて本当によかったと、今ではそう思っている。

「俺がいなくなっても、もうちゃんと眠れますか？」

返事のない問いかけをして、椅子から下りた。フローリングの床にじかに座り込む。

ベッドの端までにじり寄り、獅子堂の寝顔を見つめた。

じわりと下腹部に熱が溜まり始めるのがわかった。

「……っ」

晴輝はたまらず自分の下肢に手を伸ばす。

獅子堂に抱かれてから、何度か自慰をした。また突発的な発情に襲われないための対応策だと自分に言い訳をしながら、頭の中にはいつだって獅子堂がいた。あの時の獅子堂の指の動き、息遣い。晴輝を奥深くまで激しく貫いた荒ぶる灼熱の塊、初めて経験した意識を手放すほどに目まぐるしい快感――。

ごくりと喉を鳴らし、そろりと手を動かす。

もどかしい思いでチノパンの前立てをくつろげると、腰を浮かせて下着をずり下ろした。

晴輝の歌声で眠りに落ちた獅子堂は、よほどのことがない限り、一度眠ったら朝まで目を覚まさない。

獅子堂の寝顔を横目に見ながら、ぎこちなく手を動かす。

空想の中で自分の手を獅子堂の大きな手のひらに置き換えると、ぞくんと背筋が甘く震えた。

「ん、んん……っ、ふ、ぁっ……！」

手が勝手に動き、晴輝は夢中で膨らんだ性器を擦る。

獅子堂を前にして淫らな行為に耽っている背徳感に興奮した。

もう一度、獅子堂のあの荒々しい熱に思い切り貫かれたい。

そんなことを思ってしまう浅ましい自分の性が疎ましく、惨めだった。

獅子堂のことが好きだ。

どうしようもなく好きで、好きで、泣きたくなる。

――晴輝は晴輝のままでいい。そのままで十分、魅力的だ。そのうち運命の相手がちゃんと現れるさ。

獅子堂はそう言って慰めてくれたけれど、その相手が自分だとは言ってくれなかった。

「……獅子堂さんの運命の相手って、誰？」

晴輝ではない誰か別のオメガと親しげに寄り添っている獅子堂を想像して、心臓に疼痛が走った。

「ふっ……ン、ンぅ……、し、しどう、さん……っ」

静かな室内に、規則正しい寝息に混じって乱れた自分の息遣いが響く。獅子堂を想いながら一心不乱に扱き続け、性器を覆っていたティッシュペーパーがたちまちぐっしょりと濡れてゆく。

獅子堂の名を呼びながら、晴輝は精を吐き出した。

10

契約期間の終了まで残り一週間を切った。

晴輝はできるだけ獅子堂を意識しないよう心がけて、努めて無心に過ごす。余計なことを考えないようにテキパキと手足を動かした。

その日、獅子堂は午後から仕事で出かけていた。今朝、珍しく舞那斗が不満そうに「お父さん、本当に出かけるの？」と唇を尖らせていた。親子で何やらこそこそと話しつつ、獅子堂が「なるべく早く帰るから」と、舞那斗と指きりをしていたのを思い出す。

残暑が厳しかった十月も下旬に差し掛かり、肌を撫でる風に秋の気配が混じり出す。

晴輝はいつも通り保育園へ迎えに行った。ぽつぽつと色が変わり始めた街路樹は紅葉の見頃には少し早いが、地面の草花はすっかり衣替えを終えている。赤紫色のコスモスの群生を見つけて、晴輝はスマホを取り出すと舞那斗と一緒に写真に収めた。忙しい獅子堂は、小さな秋の訪れを見過ごすかもしれないから、舞那斗の今日の一枚としてあとでスマホに写真を送っておこうと思う。これは家政夫の仕事の範疇だ。

二人で手をつないで歩いていると、舞那斗が歌をうたい出した。

「あ、その歌。すっかり覚えちゃったね」

うたっていたのは『ペンギン』である。舞那斗は得意げに言った。

「だって、晴輝さんがいつもうたってるんだもん。お父さんも最近はよくうたってるよ」

「へえ、そうなの？」

「うん。お父さんも、晴輝さんがうたってるのを聞いて覚えたんだって。この前もね、晴輝さんって歌が上手だよねって、お父さんと話してたんだ。お父さんは、お仕事でいっぱいいろんな人の歌を聴くけど、やっぱり晴輝さんの声が一番好きなんだって。ぼくも大好き。晴輝さんの声はほっとして、落ち着くんだよねぇ」

舞那斗が誰かの受け売りのようなコメントをよこす。獅子堂の声が重なって聞こえた気がして、晴輝は密かに顔が火照るのを感じた。

その時、電話がかかってきた。宝生だった。

宝生は舞那斗に用があったようで、代わってほしいと頼まれる。舞那斗にスマホを渡すと、彼は「ちょっと待って」と言って、晴輝から少し距離を取った。しばらくこそこそと何やらやりとりをして、電話を切る。「ありがとう」とスマホを返された。

「宝生さんとどんな話をしたの？」

さりげなく訊ねると、なぜか舞那斗の目が宙をふよふよと泳いだ。「な、内緒！」

「……そっか。内緒か」

笑って流したが、内心はショックだった。なんだかどんどん舞那斗の興味が自分から離れていくようで、悲しくなる。

「あの、すみません」

ふいに声をかけられた。

振り返ると、若い男が立っていた。晴輝と同じぐらいの年恰好で、ジーンズにシャツ、スニーカーを履いている。人のことを言えないが、平日の昼間にしては随分とラフな恰好だ。学生だろうか。

「あ、僕はこういう者ですけど」と、名刺を渡された。

〈週刊スプラッシュ　大月健太〉

晴輝は咄嗟に緊張し、身構えた。『週刊スプラッシュ』とは、グラビアとゴシップが満載の週刊誌である。過去に何度か、晴輝もほとんどでっち上げでしかないくだらない記事を書かれたことがあった。

「……記者の方？」

平静を装って訊ねると、大月はにっこりと人懐っこい笑みを浮かべた。鞄をあさり、晴輝に一枚の写真を差し出してくる。

「これ、写っているのはあなたですよね。隣の男性は作曲家のシシドウアキラさん。で、二人の間にいるのが——そっちのボク」

晴輝はさっと青褪めた。

大月が説明した通り、写真に写っていたのは三人である。おそらくこれは、先日一緒に近所の公園に遊びに行った時のものだろう。舞那斗を真ん中にして、両側から晴輝と獅子堂が手をつないでいる。

「シシドウさんがご結婚されていたとは知りませんでした。まさかお子さんまでいたなんてねえ。ご結婚されたのはいつ頃ですか？　お子さんは保育園帰り？　五歳くらいかな。だとすると、六年前にはもう結婚されてたんですか」

たたみかけるように質問を浴びせながら、大月の視線が晴輝を舐めるように上下した。

咄嗟に晴輝は顔を伏せると、低めた声で言った。

「……何か、勘違いされているみたいですけど、私はただの家政夫ですから」

「え？　家政夫さん？」

「そうです。それでは、急ぐので失礼します」

舞那斗の手を取ったその時、大月が核心をついてきた。

「あなた、元『シックスクラウンズ』の『ハル』さんですよね」

ピクッと思わず立ち止まってしまった。大月がにやりと唇の端を引き上げた。

「僕も同年代なんで、当時はよく『シスクラ』の歌を聞いてましたよ。当時のカノジョが大ファンだったんです。カラオケに行くと必ずうたってましたね。懐かしい。確か、『ハル』さんは、体調不良でグループを脱退し、その後すぐに芸能界を引退されたんでしたよね。海外に移住したという噂がありましたけど、国内にいらっしゃったんですね」

「…………」

黙り込んだ晴輝を、大月が更に攻めてくる。

「あれ？　でも『シスクラ』って、アルファのメンバーのみで固めた生粋のアルファアイドルじゃなかったですっけ？」

晴輝の反応を窺うようにじっと見つめてきた。晴輝は自分に落ち着けと言い聞かせながら無表情を装ったが、大月は容赦なかった。

「実は、『ハル』がアルファじゃなくてオメガだったたって、噂があるんですよ。当時のあなたと近しい人物という方からの情報でね。それについて、『ハル』さん。詳しくお話をお聞かせ願えませんか」

「……別に、話すことは何もないですけど」

「んー、じゃあ質問を変えましょう。シシドウさんは誰がどう見てもアルファですよね。そち

らのお子さんは、獅子堂さんとハルさんのお子さんなんじゃないですか？　五、六年前はすでに芸能界を引退されてますもんね。一般人になっていたと思いますけど、シシドウさんとはどこで知り合ったんです？　ねえ、ボク。このお兄さんって、本当は君の……」

「違います！　いいかげんなことを言わないでください」

晴輝は怒鳴るように叫んだ。

あまりの大声に舞那斗がびくっと震える。大月も驚いたように押し黙る。

肩を上下させながら晴輝は、ゆっくりと大きく息を吸った。

「大声を上げてすみません。ですが、勝手なことを言われては困ります。私は単なる家政夫で、獅子堂さんとは依頼主と家政夫の関係にすぎません」

晴輝はすかさずトートバッグから名刺入れを取り出すと、中から一枚抜いて渡した。

「〈いえもりや〉という家事代行サービス業のスタッフをしております。こちらで確かめてもらって結構ですよ。ですから、憶測で人のプライベートに踏み込むのはやめてください。特に、第二性に関しては、無理やり聞き出そうとする今のあなたの発言は違法ですよ。今度何かあれば通報します」

すごむと、それまでどこか人を食ったような態度を見せていた大月が途端に怯んだ。

ここぞとばかりに晴輝は口早に言葉を継いだ。

「その写真は、お子さんに手をつなごうと言われて応じたものです。子どもにそんなふうに言われたら断れないですよね。懐いてもらえるのは嬉しいですし、シッター業務も仕事の範疇です。何か勘違いされているようでしたけど、その写真にはおたくが勘繰っているような深い意味は一切ありませんよ。それに、獅子堂家とはもうすぐ契約が終了する予定です。それ以降は、私はこちらのご家族の担当からは外れることになります。もちろん、個人的なお付き合いもありません。お客様のご迷惑になっては困りますので、その名刺の場所に来ていただけたら、私のことについてはお答えしますよ。それでは、失礼します」

大月はぽかんとしていた。晴輝は舞那斗の手を取ると、急いでその場を離れる。

足早に歩きながらちらっと一度振り向く。大月は一人路上に佇み、渡した名刺を興味深そうに眺めていて、もう追いかけてはこなかった。

どうにか無事に帰宅し、晴輝はすぐさま鍵を閉めた。

「舞那斗くん、大丈夫だった？　ごめんね、怖かったよね」

晴輝が急いだせいで、舞那斗の息は上がっていた。目も潤んでいて、余裕がなく小さな彼を気遣ってやれなかったことを申し訳なく思う。

「もう大丈夫だから。手を洗って、おやつを食べようか。今日はね、舞那斗くんが好きなチョ

コパイを焼いたんだよ」

話題を変えて、舞那斗の気分を盛り上げようと試みる。だが、浮かない顔の舞那斗は小さく頷くだけで、いつもの笑顔を見せてくれない。

おやつの準備をしていると、獅子堂から電話がかかってきた。

晴輝はつい先ほどの出来事を伝えた。獅子堂も寝耳に水だったようで、回線越しに動揺しているのが伝わってきた。

『それで、二人とも大丈夫だったのか。怪我はなかったか』

「はい。とりあえずその場から逃げ出すので精いっぱいで、あの記者が写真をどうするかはわかりません」

だが、彼は獅子堂親子よりも、どちらかといえば晴輝に興味を持っているように思えた。元トップアイドルが今は家事代行サービス業で家政夫をしているのだ。しかもアルファだと偽って活動していたことを否定しなかった。今更世間に需要があるかはわからないが、大月は晴輝と同世代だ。おそらく、あのあとすぐに〈いえもりや〉について調べたはずだ。獅子堂が家政夫を雇っていることは事実だし、そこにたまたま晴輝が派遣されたとして、別に不自然はない。獅子堂に子どもがいても、彼は公表していないだけで隠していたわけではない。もし舞那斗が、獅子堂と晴輝の子だったら、世間の興味を引くだろうが、先ほどの晴輝とのやりとりでそうで

はないのだと悟っただろう。それよりも、晴輝の過去と現在の方がネタとしては面白いのではないか。そうあの青年が思い直してくれたら、晴輝の思惑は上手くいったことになる。彼の興味を獅子堂たちではなく晴輝に向けることができたとすれば、好都合だ。

内心でそうなることを願いつつ、それでも写真を撮られてしまったのは迂闊だった。

「写真は三人とも顔がはっきり写っていました。俺のこともいろいろとばれているみたいだし、変に誤解されるかもしれません。すみません」

『どうして晴輝が謝るんだ』

獅子堂が言った。

『舞那斗を守ってくれてありがとう。これからのことは帰ってから一緒に考えよう。宝生にも伝えておく。すぐにそっちに向かわせるから』

宝生が来てくれるなら助かる。晴輝は獅子堂との通話を終えて、スマホの画面を切り替えた。准也からのメッセージが届いていた。アプリを開いて、思わず溜め息が漏れた。案の定、獅子堂へのオファーの件を催促するものだ。

大月は今のところ足止めできたはずだ。次はこっちをどうにかしなければならない。

舞那斗におやつを食べさせて後片付けをしていると、チャイムが鳴った。宝生だった。思った以上に早い到着だ。獅子堂に言われて本当にすぐに駆けつけてくれたようだ。

「二人とも、大丈夫でしたか！」

宝生が心配そうに言う。獅子堂に話したことをもう一度宝生にも伝えた。宝生は何やら考え込み、廊下に出てどこかに電話をかけ始めた。

舞那斗はリビングで録画したおいたアニメ番組を見ている。

戻ってきた宝生が、晴輝を見やり怪訝そうに言った。

「高雛くん、どこに行くんですか？」

出かける準備をして宝生を待っていた晴輝は、ソファから立ち上がった。

「すみません、別件で仕事が入ってしまいました。うちも人手不足で、以前にも獅子堂さんには了承を得て数時間ほどいただいて、別のお宅の家政夫業に行かさせてもらったんです。今回もそちらに行くように要請がありまして、そんなに時間はかからないと思いますので、申し訳ないですけど、舞那斗くんのことをよろしくお願いします」

まったくの嘘ではなかったが、内心ドキドキした。獅子堂も了承しているという言葉が効いたのか、宝生は少し考えるそぶりをしてみせると、「そうですか」と頷いた。「気をつけて行ってきてくださいね」

晴輝は一礼して、玄関に向かう。すると廊下に出たところで、背後からぐっと上着を引っ張られた。振り返ると、テレビに夢中だったはずの舞那斗が立っていた。

「晴輝さん、どこ行くの？」

不安そうに訊いてくる。

「お父さん、もうちょっとで帰ってくるよ。お父さんが帰ってから一緒に出かけてよ。一人で行かないでよ。危ないよ」

今にも泣き出しそうな顔で言われて、晴輝は困った。

さっきの一件で心細くなっているのだろう。晴輝のことを心配してくれているのだ。

本当に優しくていい子だなと、晴輝は思わず舞那斗を抱き締めてやりたくなる。

晴輝はその場にしゃがみ、舞那斗と目を合わせて言った。

「ごめん、どうしても行かなきゃいけないお仕事なんだ。そんな顔しなくても、大丈夫。もうあんなことがないように、舞那斗くんは絶対に守るからね」

舞那斗の頭を撫でる。舞那斗がぎゅっと抱きついてきた。晴輝も小さな体をそっと抱き締めて、家を出た。


話をしたいと准也にメッセージを送ると、すぐに返信があった。

ちょうど食事をするつもりだったからと、レストランのマップが送られてくる。ここに来いということだろう。

地図アプリを見ながら隠れ家的なレストランに到着する。今の自分には縁のない高級そうな佇まいの外観に辟易しつつレストランに入ると、すぐに個室に案内された。どうやら准也は常連らしい。

広めの部屋で、六人掛けのテーブルに一人で座っていた彼は暢気に食事をしていた。

「何が食べたい？　なんでも好きなものを食べていいぞ」

やわらかそうなヒレ肉を切り分けながら、准也が言った。晴輝は首を振って断る。

「あ、そ」准也は素っ気無く言い、店のスタッフを部屋から追い出す。二人きりになって一旦カトラリーを置いた彼は、ナプキンで口を拭いて言った。

「で、話って何？　もちろん、いい返事を聞かせてくれるんだよな。期待して待ってたんだけど」

「その前に、『週刊スプラッシュ』の大月って人に心当たりは？」

「は？」

准也が怪訝そうに首を傾げた。「『週刊スプラッシュ』の誰だって？」

とぼけているようには見えない。本当に知らないのだろう。

晴輝は内心ほっとする。晴輝がオメガだと大月に情報提供した人物とは、准也ではないようだ。どうやら彼は舞那斗のことも知らないらしい。

「いや、人違いだったみたいだ。ごめん、今のは忘れて。なんでもない」

「あ？　なんだよそれ」

准也が不機嫌そうに言った。

「それより、シシドウさんの件はどうなってるんだよ？　ちゃんと話してくれたんだろうな。今日マネージャーに訊いたら、シシドウさん側からまだＯＫがもらえないって言われたぞ」

「そのことだけど、俺からは頼むことはできないから。あの人の仕事に関して、俺が口出しできるわけないだろ。そんな権利、一介の家政夫にはない」

准也がはっと笑った。

「一介の家政夫じゃないだろうが。とっくに一線を越えて、特別な関係なんだろ」

「それも全然違う。何を勘違いしてるのか知らないけど、俺とあの人はそういう関係じゃないから」

淡々と告げると、准也が「はあ？」と苛立った声を聞かせた。

「ホテルでこんなことしておきながら、何を言ってるんだか」

准也がスマホを素早く操作し、例の画像を見せてきた。

どこからどう見ても獅子堂の両腕はしっかり晴輝の背に回っている。三人で仲良く手をつないで歩く写真は誤魔化せても、こちらが世間に出回れば言い訳が難しくなる。

あれこれ嗅ぎ回られて、獅子堂と舞那斗の本当の関係がばれてしまうのが一番怖かった。芋づる式に獅子堂の実家から、舞那斗の生い立ちに至るまで根掘り葉掘り探られる可能性がある。舞那斗が自ら封じた嫌な記憶を、思い出させてしまうかもしれない。

そんなことは絶対にさせてなるものかと思う。

晴輝は准也を睨み据えた。深く息を吸い込む。

「だから、それも准也の勘違いなんだよ。獅子堂さんは、落ち込んでいた俺を励ましてくれていただけだから」

「この前は、躓いたところを支えてもらったって言ってなかったっけ？」

「……その流れで、励ましてもらってたんだよ。准也だって、昔はよく俺のことをそんなふうに励ましてくれてただろ。忘れたのかよ」

グループのリーダーだった彼は、一番年下だった晴輝の相談によくのってくれた。弟のような存在だと言ってかわいがっていた晴輝に対し、ハグだって何度してくれたかわからない。今となっては、彼が内心ではどう思って晴輝と接していたのか知りたくもないが。

過去の話を持ち出すと、今度は准也が押し黙る。

「俺のことは何を言っても構わないよ。メンバーに迷惑をかけたのは事実だし、ファンにもアルファだって嘘をついてアイドルをやってたんだから。でも、獅子堂さんは関係ないだろ。今

の俺は家政夫で、獅子堂さんはその依頼主。本当にただそれだけの関係なんだ。それに、もうすぐ契約期間が終了するから、獅子堂さんとは会わなくなる。そんな画像を持ってたって、意味ないよ。獅子堂さんだって相手にしないと思うけど」

「でもヤッてんだろうが」

乱暴な言葉を投げかけられて、晴輝は一瞬怯みそうになる。動揺する気持ちを必死に隠し、平静を取り繕って言った。

「予定外のヒートだったんだ。俺が獅子堂さんを巻き込んだんだよ。准也だってアルファなんだからわかるだろ？　オメガのフェロモンにアルファは抗えない。あの人は優しいから、俺がそこに付け込んだんだ。でも、それだけだ。恋愛感情は一切ない。大体、獅子堂さんみたいな人が俺なんか好きになるわけないんだから……」

「勝手に俺の気持ちを決めないでくれないか」

突然、背後から声が聞こえてきて、晴輝ははっと振り返った。

ドアが開かれたそこに、どういうわけか獅子堂が立っていた。

晴輝は驚きに目を見開く。

「しっ、獅子堂さん？　どうして、ここに……？」

後ろ手にドアを閉めて、獅子堂が部屋に入ってきた。一直線に大股で歩み寄ってきた彼は息

が上がっていた。

　晴輝の真正面に立ち、咎めるように言った。

「急な仕事なんて聞いていないし、許可もしていないぞ」

「あ、そ、それはその……っ」

戸惑う晴輝の言葉を遮るようにして、獅子堂が強引に手を取る。

「帰るぞ、晴輝。舞那斗たちが待ってる」

「え、あ、待っ……」

有無を言わさぬ素早さで、獅子堂は晴輝を連れ去ろうとする。手を引かれて一緒に戸口に向かう晴輝の背後から、焦る准也が叫んだ。

「待ってください、シシドウさん！」

獅子堂が足を止めた。椅子をひっくり返して立ち上がった准也がすかさず言った。

「お話があります。俺は、松田准也といいます。ハルとは以前、『シックスクラウンズ』というアイドルグループで一緒に活動していて……」

　静かに振り返った獅子堂が、部屋の中央に据えられたテーブルに凍りつくような視線を向けた。途端に、びくっと震えた准也が押し黙る。同じアルファでも、その差は歴然としていた。獅子堂の圧倒的なオーラに准也は声もなくしてしばし固まる。

晴輝も思わず息をのむ。初めて見る獅子堂の表情だった。そこに立っているだけで彼の怒りが伝わってくるようで、たちまち全身の産毛が逆立つのを覚える。

無理やり金縛りを解いた准也が思い切って切り出した。

「シシドウさん、事務所からもお話がいっているはずですが、どうかお願いします。俺に曲を作ってもらえませんか」

しかし、獅子堂は冷めた声で言った。

「オファーをもらった話は聞いている。だが、俺は断ったはずだ。この話はこれで終わりにしてくれ」

「ちょ、ちょっと待ってください。もう一度、話を聞いてください。お願いします、どうしてもシシドウさんの曲でデビューしたいんです！」

食い下がる准也に、獅子堂がうんざりとした溜め息をついた。

「俺はアーティストに楽曲提供をしていない。他を当たってくれ」

「でも、ハルには曲を作っていましたよね」

ふいに獅子堂がすうっと目を眇めた。

「あれは特別だ。俺は自分の曲をうたってほしいと思った相手にしか作らない。そのたった一回の相手が彼だ。悪いが、君の声には何一つ魅力を感じられない」

淡々と言って、テーブルの上を一瞥する。放置されたままの准也のスマホを見やり、殊更低めた声で言った。

「君が晴輝に何をさせようとしていたのかは大体想像がつく。その画像は好きにすればいい。綺麗に撮れているじゃないか」

「獅子堂さん……っ」

晴輝が咄嗟に口を挟むと、獅子堂はちらっとこちらを見た。だが、すぐに准也に目を戻す。

「君が思っている通りだ。俺は下心があって晴輝を抱き締めた。別にそのことを隠すつもりもない。俺は晴輝のすべてを受け入れて、愛する自信があるから、今ここにいるんだ」

次の瞬間、獅子堂は晴輝の肩に手を回すと、ぐっと強い力で抱き寄せてきた。

晴輝はびっくりして獅子堂を見上げる。獅子堂もこちらを見つめていて、至近距離で視線を甘く搦め捕られる。

獅子堂が微笑んで言った。

「アルファだとかオメガだとか、そんなことはどうだっていい。くだらない。大事なのは俺が晴輝を好きだという事実だ。俺は晴輝を運命の相手だと思っている」

「……っ！」

晴輝は息をのんだ。たちまち心臓が高鳴り出し、顔から火が出そうだ。

獅子堂が視線をすっと准也に転じた。

「俺は、彼にもそう思ってもらえたらいいと願っている、ただの恋する男だ。バカにするのも好きにすればいいし、誰かに言いたければ言えばいい。俺は構わないぞ。ただし、君の出方次第では、こちらも全力で立ち向かわせてもらう」

一段と声を低めて言い放つ。

「晴輝をこれ以上傷つけたら、絶対に許さない」

しんと静まり返った室内に、准也がごくりと喉を鳴らす音が響いた。

「……好きものオメガのくせに」

ふいにぼそっと呟かれた声に、晴輝は反射でびくりと肩を震わせた。気づいた獅子堂がすぐさま晴輝の肩を強く抱く。

獅子堂が言った。

「だったら、君のやっていることはどうなんだ」

「は？」

「ついこの間まで主演を務めていたドラマの大役、どうやって手に入れたんだ？」

途端に准也がびくっとして黙り込んだ。

「某テレビ局の、特殊な性的嗜好を持つとある幹部の噂を耳にしたことがある。若いアルファ

を服従させることに悦びを覚える中年アルファがいるそうだ。そういえば、君も元アルファアイドルだったな。オメガを蔑んでいる君だって、同じことをしているじゃないか」

准也の顔色が見る見るうちに変化していく。青を通り越して真っ白になった。

茫然と立ち尽くす准也に対し、獅子堂はよく通る声でとどめを刺したのだった。

「ああ、そうか。君のような者を、好きものアルファというんだな」


レストランを出るなり、晴輝は獅子堂に抱き締められた。

「宝生から晴輝が一人で出かけたと聞いて、気が気じゃなかった。例の記者に会いに行ったのかと思ったが、家政夫の仕事をしに行ったと知って、相手が松田だと気づいたんだ。ますます居ても立ってもいられなくなって久々に全力疾走したぞ。まったく、どうして一人で無茶をするんだ」

咎める声に、晴輝は「ごめんなさい」と心の底から謝った。その一方で、先ほどからずっと続いている胸の高鳴りがますます加速し、どうしていいのかわからない。

「あ、あの、なんで俺が会っていた相手が准也だってわかったんですか」

宝生には急な仕事の依頼が入ったと伝えたが、その相手が誰とは言っていない。それが先日も家政夫の仕事で伺った家だと獅子堂に話したとしても、獅子堂だって晴輝が准也の自宅を訪

れていたことは知らないはずだ。

ところが獅子堂は、ここ数日の晴輝の様子がおかしいことに気づいていたのだと言った。

「晴輝が別の仕事で出かけた日の夜、突然、俺にアーティストへの楽曲提供はしないのかと訊いただろ。あの質問が引っかかっていた。それで、松田准也の所属事務所から、俺に楽曲提供のオファーがあったことを思い出したんだ」

もっと言うと、と獅子堂が続ける。

「先週、用があって〈いえもりや〉の事務所を訪ねたんだが、その時に、スタッフの人たちが松田准也の話をしているのを偶然耳にしたんだよ」

晴輝は目を丸くする。獅子堂が〈いえもりや〉に足を運んでいたことも初めて知った。

「それですべてがつながった。その時、あの男は晴輝に自分のデビューの話をしたんだろう。おおかた、俺に曲を作るよう頼んでくれとでも言われたんじゃないか？　あの画像を見せられて」

その通りだ。晴輝はバツの悪さに俯くと、頭上で獅子堂が小さく息をついた。

「晴輝が俺に何かを隠していることには気づいていた。ホテルでの一件もあったし、松田に何か弱みでも握られているんじゃないかとも考えていた。昨日も松田の事務所から電話があったと宝生から聞いて、明日にでも、こちらから一度松田と接触するつもりでいたんだ。だが、ま

さかその前に、晴輝がまたあいつに会いに行くとは予定外だった」

『週刊スプラッシュ』の件もあって、獅子堂は焦ったという。晴輝がすべてを抱え込もうとしているのではないかと心配して、すぐにあとを追ったのだ。

「でもよく、俺があの店にいることがわかりましたね」

准也が指定したレストランは、晴輝だってその時に初めて知らされたのである。

「それは、舞那斗のお手柄だ」

「舞那斗くん？」

首を傾げると、獅子堂が晴輝の肩を顎でしゃくってみせた。いつも持ち歩いている私物のトートバッグ。

晴輝はバッグの中を覗き込む。すると、明らかに晴輝のものではないキーホルダーを見つけた。

「これ、舞那斗くんのキーホルダー。なんでこの中に……」

車の形をしたキーホルダーは、舞那斗が獅子堂から持たされているものだった。実は子どもの迷子防止用に販売されているキーホルダー型のＧＰＳ発信機である。

「晴輝がどこかに行ってしまうんじゃないかと心配したらしい。あいつは咄嗟に出かける晴輝のバッグにそれを入れたんだそうだ」

晴輝が出かけたあと、舞那斗は泣きながら獅子堂に電話をしてきたという。

——晴輝さんが、どっかに行っちゃった。今度は帰ってこないかもしれないよ。お父さんお願い、晴輝さんを見つけて。絶対、晴輝さんと一緒に帰ってきて……っ！

「俺が帰ってこない——って、舞那斗くんがそう言ったんですか？」

「あいつはそう思ったみたいだぞ。週刊誌の記者に絡まれた時に、もうすぐうちから出ていくと言ったんだってな。晴輝が俺たち親子とはもう一切関係がなくなると言っていたのを聞いて、とても悲しかったんだそうだ。舞那斗が泣きながら話してくれた」

晴輝ははっとした。

確かに大月相手にそんなような話をした。あの場では大月の興味を獅子堂親子から自分に向けることに必死で、それを横で聞いていた舞那斗がどう思うのかまで考えが及ばなかった。

そうかと唐突に気づく。出かける間際、泣きそうな顔をしてしがみついてきた舞那斗の姿が脳裏に蘇った。あれは大月に問い詰められたのを思い出して怯えていたわけではなく、晴輝が自分たちから離れていくことを不安に思っての行動だったのだ。

大月の方にはすでに宝生が手を回していて、上手く収まりそうだという話だった。

「俺だって、晴輝がそんなふうに考えていたと知って焦ったよ。てっきり、君も俺と同じ気持ちでいてくれるとばかり思っていた。自惚れて、きちんと言葉で確認しなかった」

獅子堂が悔いるような口調で言った。

「まさか、本気でうちを出ていく気でいるのだとしたら、すぐにでも止めるつもりでいた。〈いえもりや〉を訪ねたと言っただろ。あれは、当初の予定通り、契約を今週末で終了する手続きをしに行ってきたんだ」

晴輝はびくりとする。獅子堂が強気に続けた。

「だが、悪いが、晴輝をうちから逃がすつもりはさらさらない。そのことで、社長に少しばかり直談判をしてきた」

「え？」

俯いた顔を上げると、間近に目が合った。

獅子堂が真摯な声で告げてきた。

「俺は晴輝が好きだ。君のすべてが愛しく、とても大事に想っている。今後は、仕事の契約上の関係は終わりにして、別の形で俺たち親子と一緒にいてくれないか」

晴輝は目を瞠り、獅子堂を見つめた。

獅子堂はいつになく緊張した様子でジャケットのポケットに手を入れると、小さなケースを取り出した。蓋を開けて、晴輝に差し出す。

大きな石が光り輝く指輪だった。

「これからは家政夫ではなく、俺の愛する番として、傍にいてほしい」

たちまち胸に熱いものが込み上げてきて、晴輝の潤んだ目から大粒の涙がこぼれ落ちた。

獅子堂たちに迷惑がかからないように、大ごとになる前になんとか自分の手で准也と大月を、上手く抑え込みたかった。その間に家政夫の契約は満了し、晴輝は何もなかったように獅子堂家を出ていけばいい。そして、そこから先は二度と獅子堂たちと会わない。そう決めていた。

自分の想いが報われなくたって構わない。それより何より獅子堂と舞那斗だけは絶対に守りたかった。

けれども、守ってもらっていたのは晴輝の方だったと今になって気づく。

感謝をするとともに、これまで必死に抑え込んでいた獅子堂への想いが胸の奥で一気に膨れ上がるのがわかった。

ずっと訊きたくて訊けなかった獅子堂の気持ちをようやく聞けた。

それも、夢のような展開だ。

晴輝は涙を拭って、高ぶる胸の前におずおずと自分の左手を差し出した。

「……ゆ、指輪を、嵌めてもらえますか」

獅子堂が軽く目を瞠った。ふわりと微笑んで頷く。「もちろん」

左手の薬指にまばゆく輝く指輪が収まった。

晴輝は目を細めて自分の手を眺める。次いで、獅子堂を見つめた。

ずっと彼に伝えたかった想いを口にする。

「俺も獅子堂さんのことが好きです。舞那斗くんのことも、二人とも本当に大好きです。ずっと一緒にいたい。獅子堂さんと番になりたい。傍にいさせてください」

すぐさま獅子堂の両腕が伸びてきて、きつく抱き締められた。

「晴輝、愛している」

耳もとで甘く囁かれて、ぞくりとする。晴輝は首を竦めて微笑んだ。

「俺も愛してます」

獅子堂が心から幸せそうに顔を綻ばせる。晴輝の目尻をそっと指で拭った。

涙で濡れた頬を涼やかな秋風が優しく撫でる。

二人は微笑み合い、どちらからともなく口づけを交わした。

11

獅子堂と一緒に帰宅すると、リビングから舞那斗が転がるようにして現れた。

晴輝の顔を見るやいなや駆け出す。突進してきた舞那斗に抱きつかれた。

「晴輝さん、おかえりなさい！」

小さな体をすべて投げ出すようにしてぎゅっとしがみついてくる。晴輝もその場にしゃがむと舞那斗を目いっぱい抱き締めた。

「ただいま、舞那斗くん。心配かけてごめんね」

舞那斗が首をブンブンと横に振る。目を潤ませながら笑ってみせた。

「大丈夫だよ。晴輝さんがちゃんと帰ってきてくれたから」

なんて愛しいのだろう。この子と離れることをもう考えなくてもいいのだと思うと、晴輝もまた泣きそうになった。

「高雛くん、おかえりなさい」

宝生も出迎えてくれる。すべてを悟ったような穏やかな微笑みを向けられて、晴輝は深々と頭を下げた。「ただいま帰りました」

たのだ。
出かける前とは明らかに様子が違っている。広いリビングが色とりどりに飾り付けられてい
舞那斗に手を引かれてリビングに入った瞬間、晴輝は目を丸くした。
「ねえねえ、晴輝さん。早くこっちに来て」

折り紙の輪っかをつないで作った輪飾りに、ペーパーフラワーや風船。

壁には数枚つなげた画用紙に、舞那斗の覚えたての字でこう書いてあった。

『晴輝さん、おたんじょう日、おめでとう！』

それを見て初めて、今日が自分の二十六回目の誕生日であることに気がついた。すっかり忘れていた。

「晴輝さん、お誕生日おめでとう！」

パンパンパーン、とクラッカーが鳴り響く。キラキラとしたテープが晴輝の頭上に降ってきた。舞那斗と宝生と、いつの間にか獅子堂までがクラッカーを持っていて、晴輝は目をぱちくりさせた。

「え、なんで俺の誕生日を知ってるの？」

驚いていると、隣から獅子堂がそっと舞那斗の練習帳を差し出してきた。文字がたくさん書かれたその中の一ページに、晴輝と舞那斗の互いの誕生日が書き込んであった。数字の練習の

一環だ。

「そうか、これを覚えてくれていたんだ」

感激していると、獅子堂が教えてくれた。

「今日は、もともと晴輝の誕生日パーティーをする予定だったからな。少し前から舞那斗を中心に計画を立てて、こっそり準備を進めていたんだ」

「そうだったんですか？」

「ところが急に、俺に仕事の打ち合わせが入ってしまって、舞那斗は随分と心配していたようだ。本当は俺が晴輝を買い物に誘って、二人で出かけている間に舞那斗と宝生が準備をする計画だったんだ。まあ、当初の予定とはだいぶ違ってしまったが、とりあえず準備する時間は確保できたみたいだな」

獅子堂が苦笑する。

宝生は一旦キッチンに引っ込み、舞那斗も一緒に手伝って豪華な食事が次々と運ばれてくる。

「アクシデントでケーキは用意できませんでしたけど、他の料理は舞那斗くんも作るのを手伝ってくれたんですよ」

本当は獅子堂がケーキを買いに行く手はずになっていたという。

「指輪は準備できたんだが、ケーキを受け取り損ねた。すまない」

ぼそっと耳もとで謝られて、晴輝は思わず笑ってしまった。

「こんなにしてもらって、十分すぎるくらいですよ」

「舞那斗から、絶対に晴輝を連れて帰ってきてくれと言われていたんだ。晴輝が戻ってきてくれるなら、欲しいオモチャもゲームも遊園地も動物園も全部我慢するからって。俺も絶対に連れて帰ると約束した。一緒に誕生日を祝えてよかったよ」

「……はい。ありがとうございます」

胸がいっぱいになって、目頭がまた熱くなる。

その時、舞那斗が何かを思い出したように「あっ」と叫んだ。

「お父さん、晴輝さんにちゃんと話してくれた？」

心配そうに訊ねる舞那斗に、獅子堂が「ああ」と頷く。

なんの話だろうか。

晴輝が不思議に思っていると、ぱあっと顔を輝かせた舞那斗がトタトタと晴輝のもとに駆け寄ってきた。

「ねえ、晴輝さん、晴輝さん」

舞那斗が晴輝を見上げて言った。

「これからもずっと、ぼくたちと一緒にいてくれるんだよね？」

一生懸命に首を反らして、じっと見つめてくる澄んだ目はとても真剣だ。

晴輝は思わず一度、獅子堂を見た。

目の合った獅子堂が微笑んで頷く。

晴輝はその場にしゃがむと、舞那斗としっかりと目を合わせた。

「うん。俺こそ、お願いします。これからもずっと、舞那斗くんとお父さんと一緒にいさせてくれませんか」

たちまち舞那斗が破顔する。

「うん！　もちろんだよ」

小さな口の中できらりと光る。一本抜けた乳歯の下から新しい歯が生え始めていた。


三人に誕生日を祝ってもらって、晴輝はなんだかまだ夢を見ているような心地だった。

宝生も計画の段階から参加してくれたそうで、彼が作った料理もとてもおいしかった。さすが獅子堂親子の面倒を見ていただけのことはある。彼は目ざとく晴輝の左手の薬指に気づくと、ほっとしたように耳打ちしてきた。

——お二人が上手くいってくれてよかったです。心配していたんですよ。実は、私もオメガなんです。

さらっと告白されて、晴輝は驚いた。宝生がちらっと自分の左手を見せる。前回は外していたようだが、今日は薬指にシンプルな指輪が嵌まっていた。自分にはもう長い付き合いになる番がいるのだと、彼は幸せそうに言った。

――出張中に、珍しく獅子堂から電話がかかってきたかと思えば、ひどく落ち込んだ声で、あなたを傷つけてしまったかもしれないと相談を受けました。ヒートで苦しんでいるあなたに何をしてやればいいのかと訊かれたもので、とりあえず家にこもっているのならそれ以上は近づくなと忠告しておきました。電話越しにも伝わってくるほど切羽詰まった様子で、今にもあなたのお宅に押し掛けそうな勢いでしたからね。番のいないオメガがヒート中にアルファと接触すれば、どうなるか百も承知でしょうに。そんなこともわからなくなるくらい、混乱していたみたいです。私も彼とは大概長い付き合いですけど、あんなにおろおろする獅子堂は初めてで新鮮でしたよ。

宝生はその時のことを思い出したのか、おかしそうに笑っていた。隣で聞いていた晴輝は俄に頬を熱くした。記憶を探りながら、急き立てられるように高ぶる感情があった。

――ああ見えて、ロマンチストなんです。代々続くアルファの血を疎ましく思っている反面、自分にとってたった一人の番をずっと探し求めているようなところがありました。運命の相手に出会いたいと、一番願っていたのは彼かもしれません。ようやくその唯一の相手に出会えて

よかった。親友としてこれほど嬉しいことはありません。

晴輝と目を合わせた宝生が本当に心の底から嬉しそうに微笑んだ。

パーティーがお開きになり、宝生を見送ったあと、舞那斗ははしゃぎすぎて疲れたのか眠ってしまった。

獅子堂と一緒に舞那斗を子ども部屋に運んでベッドに寝かせる。リビングに戻ると、後片付けをしたテーブルに獅子堂が新しいグラスを運んできた。「少し飲まないか」と、シャンパンを注いだグラスを渡される。

「改めて、誕生日おめでとう」

チンと涼やかな音を鳴らして乾杯した。

「ありがとうございます。もうそんなに誕生日が嬉しい年でもないんですけどね」

苦笑すると、獅子堂が真面目な顔をして言った。

「何を言ってるんだ。晴輝が生まれていなかったら、俺たちは出会えていなかったんだぞ。毎年この日は、おめでとうと、ありがとうを言いたいよ。これから先もずっとな」

甘く微笑まれて、顔が燃えるように熱くなった。アルコールのせいではなく、脈拍が異様なまでに速まる。視線を搦め捕られ、鳴り響く鼓動に合わせて二人の間の空気がどんどん濃密になってゆく。

見つめ合い、むせ返るような甘い雰囲気に息が詰まる。

ふいに、晴輝の手からシャンパングラスが取り上げられた。遠ざかるグラスに代わって獅子堂の端整な顔が近づいてくる。静かに晴輝の唇を塞いだ。

「……っ」

口づけはすぐに深くなった。獅子堂のとろけるような舌使いに翻弄されながら、晴輝も我を忘れて舌を絡ませる。

互いの息遣いと、唾液の混ざり合う淫らな水音だけが広いリビングに響き渡る。

「……いいにおいがする」

獅子堂が晴輝の首筋にすりすりと鼻を擦り付けた。それだけで火照った体は敏感に反応し、晴輝は小さく喘ぐ。

「……ヒートまでは、まだ日があるはずですけど……」

フェロモンの分泌量が増えているのだろうか。

「でも、前回のこともあるし、周期が読めなくなってるから……」

自分の体のことなのに、よくわからない。また、あの突発的なヒートに襲われるのではないかと思うと正直怖い。だが、獅子堂の熱を覚えている体が勝手に疼き出す。下腹部にじりじりと熱が溜まり出すのを感じていた。

熱に浮かされたようにふわふわするのは濃厚なキスのせいのような気もするし、この先を期待して待ち侘びている下肢は、以前までの何も知らなかった自分のものとは明らかに違っている。

体の奥が疼いて仕方ない。

獅子堂が欲しくて欲しくてたまらなくなる。

「獅子堂さん……っ」

晴輝は獅子堂を見つめた。ひどく物欲しげな目をしているはずだと、自分でもわかるくらいに、この体は強く発情している。

獅子堂が好きだ。彼が欲しい。

「……ああ、またにおいが強くなった」

獅子堂が陶然として言った。「今思うと、初めて晴輝の部屋で触れた時も、このなんとも言えないにおいにくらくらさせられた覚えがある。理性を保つのが大変だったな。どうしてこんなにもいいにおいがするんだと……甘くて、淫らな……晴輝のにおいだ」

「獅子堂さんも、すごくいいにおい。俺が好きな、獅子堂さんのにおい……」

噛みつくようなキスで獅子堂が晴輝の唇をきつく塞いだ。

腰が砕けるような口づけに晴輝は夢中になる。

一旦口づけを解いた獅子堂がいきなり晴輝を抱き上げた。低く唸るような荒い息遣いが頭上から聞こえてくる。獅子堂の端整な顔は上気していて、その切羽詰まった表情にぞくりとした。

無言で晴輝を寝室に運び込んだ獅子堂は、キングサイズのベッドに晴輝を下ろすと、すぐさま圧し掛かってきた。晴輝も興奮し、互いに服を脱がし合う。この薄い布が邪魔だ。すぐにも肌を合わせたい欲望が抑えきれない。

インナーを脱ぎ捨てた素肌に、獅子堂がむしゃぶりついてきた。

「ンあっ」

硬くしこった胸の尖りをきつく吸われて、晴輝は甲高い声を上げた。獅子堂が触れた場所から火がつき、全身の血管が導火線となって快感が瞬く間に駆け巡る。

すでに張り詰めた下肢とぬかるんだ後孔をまさぐられる。獅子堂も興奮しきっていて、少々乱暴な手つきがまたたまらない。もっとメチャクチャにしてほしいと晴輝は両脚を獅子堂の腰に絡めた。

「獅子堂さん、早く、欲しい」

「……大丈夫なのか？　まだ、今回で二度目だ。つらくないか？」

そう言う獅子堂も息を荒らげてつらそうだ。

自分の理性も限界だろうに、性に未熟な晴輝の体を気遣ってくれるのが嬉しい。

晴輝は大丈夫だとかぶりを振った。もうこれ以上の準備は必要ないくらい、後ろが濡れているのが自分でもわかる。体の奥深くが疼いて仕方なく、むしろ早く獅子堂のその太く逞しいもので貫いてほしいと願ってしまう。

腰を切なげにくねらせて言った。

「平気だから……獅子堂さん、お願い」

「そんなにかわいく煽ってくれるな。こっちは必死に我慢しているのに」

後孔からずるっと指が引き抜かれた。その途端、自分の内側からとろりと何かが溢れ出す。びっしょりと濡れそぼったそこに、すぐさま熱い切っ先があてがわれた。

突くように腰を入れられて、驚くほど硬く張り詰めた獅子堂の熱杭が、晴輝の濡れた内側をぐうっと押し広げて入ってくる。

「あっ、しっ、ししどう、さん……っ、の、おっきい……っ」

苦しさに喘ぎ、闇雲に伸ばした左手が宙を掻く。ふいに獅子堂が晴輝の手を掴んだ。誓いの指輪が嵌まった薬指にキスを落とす。

「瑛だ、晴輝。お前も俺を名前で呼んでくれ」

「あ、ぅっ、あき、ら……さん……！　ああっ！」

目が眩むような感覚にすぐさまのみ込まれる。

途端に最奥を激しく貫かれて、晴輝は大きく仰け反った。

獅子堂に荒々しく突き上げられて、晴輝は早々に達してしまった。

息も整わないうちに、今度は獅子堂の膝の上に向かい合うようにして座らされる。

まだ一度も絶頂を迎えていない獅子堂の股間は、恐ろしいほどにいきり立っていた。その卑猥に濡れて艶めく肉茎の存在を目の当たりにし、晴輝はごくりと喉を鳴らす。すぐに腰の両側を掴まれて、獅子堂に持ち上げられた。二人分の体液でぐっしょりとぬかるんだ後ろに難なく切っ先が突き刺さる。

熟れた肉襞を擦り上げて、獅子堂が再び入ってきた。

太竿に一気に串刺しにされる。

これまでよりも深い場所を獅子堂に攻められて、晴輝は甘く喘ぎながら彼の首にしがみついた。何度も突き上げられ、晴輝は「あっ、あっ」と甲高い声を弾ませながら、快楽に溺れるように自らも無我夢中で腰を揺らす。

獅子堂への恋情が体中から溢れ出す。愛しくてたまらなくなる。

「あっ……ぁンッ、あきらさん、すき……っ」

くるおしいほどの想いを甘い喘ぎ声とともに告げると、獅子堂の突き上げが一層激しくなった。

「晴輝、好きだ」

甘い声で囁きながら感じやすい耳朶を甘噛みされる。晴輝はぶるっと震えた。やわらかい耳朶に軽く歯を立てて、獅子堂の唇が首筋にいくつもキスを落とす。ざらりとした舌で獣が毛繕いをするように肌を舐められた。

腰をゆるく突き上げながら、伸び上がるようにして項をきつく吸う。

まるでここが欲しいと請われているみたいだった。チリッと全身に甘い痺れのようなものが駆け巡る。ああ、と思い出した。獅子堂と初めて対面した時、これと同じ感覚がやはり全身を駆け抜けた。きっとあの瞬間に、もう決まっていたのだ。二人はこうなる運命なのだと知らせる啓示だったに違いない。

「晴輝、お前の全部が欲しい」

晴輝はごくんと喉を鳴らして頷いた。

「俺も、瑛さんとずっと一緒にいたい。俺の全部を瑛さんのものにして」

汗で湿った襟足を急いで払って、自分の項を獅子堂に向けた。

「俺のここ、噛んで……っ」

獅子堂が眩しいものを見るみたいに微笑む。次の瞬間、獅子堂は晴輝の腰を持ち上げた。たちまち体勢を変えた獅子堂が、晴輝の背後からのし掛かってくる。

「晴輝、愛してる」

項に鋭い痛みが走った。

「あっ！」

肌に歯が食い込むのがわかる。その痛みもすぐに快感にすり替えられて、晴輝は腰を揺らめかせた。

獅子堂が項に何度も歯を立てながら、腰を進めてくる。

つながった部分が熱くてとろけそうだ。そのうち境界線がなくなるくらいにどろどろに溶けて混ざり合い、獅子堂と一つになってしまうのではないかと思った。それでもいいと思うほどこの男が心底愛しく、離したくない。

獅子堂がますます腰の律動を速めてきた。

ひときわ強く突き上げられた瞬間、晴輝は再び絶頂に達した。息を合わせて限界を向かえた獅子堂も晴輝の中で長い射精を行う。

快楽と多幸感に包まれながら、晴輝は獅子堂の精を受け止めた。

12

一月半の獅子堂家との家政夫契約が終了した後、晴輝はアパートを引き払った。

獅子堂と舞那斗に手伝ってもらって、正式に獅子堂家に引っ越すことにしたのである。

引っ越しをしたその日に、獅子堂は善は急げとばかりに役所に走り、婚姻届をもらってきた。

舞那斗と宝生に見守られながら書類を記入し、無事に提出。晴れて獅子堂と夫夫（ふうふ）になった。

一方、仕事では、真嶋と相談してこれまでの晴輝の仕事形態を一部見直すことにした。

今までは、住み込みの仕事依頼があれば独身の晴輝が率先して引き受けてきたが、今後はNGにしてもらった。これは晴輝と獅子堂二人の希望である。晴輝たちの関係を知らされた真嶋はびっくりしていたが、「おめでとう」と心から祝福してくれた。婚姻届の証人を引き受けてくれたのも彼である。

家事代行サービスの住み込み依頼は多くはないものの、まったくないわけではない。

万年人手不足の会社事情を知っている身としては心苦しかったが、少し前にそんな〈いえもりや〉に救世主がやってきた。

働き者の新人が二人も入ったのである。面接で、できるだけ稼ぎたいと意気込んでいた彼ら

が、晴輝に代わって快く引き継いでくれることになった。おかげで晴輝は舞那斗を保育園に預けている時間帯を中心に、今まで通り家政夫業を続けている。

それからしばらくして、『週刊スプラッシュ』にシシドウアキラの独占インタビューが掲載された。

現在も世界中で話題になっているアニメ映画の音楽を担当した獅子堂なので、その話題が中心であるものの、プライベートについても触れている。そこで子どもがいること、現在は番となったパートナーと一緒に三人で暮らしていることも明かしていた。晴輝がオメガであることを大月に明かした情報提供者は誰だったのか、結局不明のままだが、記事は『ハル』については一切触れていなかった。

シシドウアキラの話題は一部のネットニュースなどで騒がれていたものの、それも半月ほどしたら多くの人は別の話題に興味を移し、自然と落ち着きを取り戻していた。大月との交渉は宝生がしてくれて、彼がその後〈いえもりや〉を訪ねてくることも、晴輝に直接接触してくることもなかった。

准也とも、あれから一切連絡を取っていない。

ソロデビューの話もどうなったのか、それ以降彼の話は何も聞こえてこない。獅子堂もよく知らないらしく、この話はもう終わったとばかりに、晴輝が准也の話題を口にするのを嫌がっ

た。面と向かってはっきりと「嫉妬する！」と言われてしまうと、晴輝は顔を火照らせてそれ以上何も訊けなくなるのだった。

穏やかな日々が戻ってきて、晴輝は獅子堂と舞那斗と三人で毎日幸せに暮らしている。

十二月も半ばを過ぎて、いよいよ今年も終わりが近づいてきた。

今日は全国的に冷え込み、夜には関東でも雪が降るかもしれないと予報が出ていた。

舞那斗を連れて保育園から戻り、晴輝は夕食の仕度をしているところである。

昼間に出かけていたため、乾燥機にかけた洗濯物がまだそのままだった。いつもは一緒にキッチンに立つ舞那斗に頼んで、たたんでもらっている。最近はますますお兄さんらしくなって、率先して手伝いをしてくれるので本当に頼もしい。

来年は小学生だ。すでに新しいランドセルも準備して、子ども部屋には三つのぬいぐるみと一緒に並べて飾ってある。

「いいお兄ちゃんになりそうだな……」

晴輝は独りごちて微笑んだ。あらかた料理を終えて、リビングに様子を見に行くと、洗濯物はすべてきちんとたたんであった。

その横で、舞那斗が力を使い果したみたいに、こてんとソファに頬を押し付けて眠っている。

かわいらしい姿に、思わず込み上げてくる笑みを抑えきれない。

「こんなところで眠ったら風邪ひいちゃうよ」

何かかけるものをと振り返ったそこへ、獅子堂が寝室からブランケットを持って出てきた。

晴輝に気づいて、苦笑する。

「さっきまで調子よく歌をうたっていたんだけどな。トイレから戻ってきたら、もうこうなっていた」

晴輝はブランケットを受け取り、獅子堂が舞那斗を抱き上げてソファに寝かせた。ふくふくとした頬にソファの跡がついているのがまた大人たちの笑いを誘う。

晴輝はそっとブランケットをかけた。舞那斗の額にかかった前髪を指先で脇によけてやっていると、獅子堂の「なんだこれは」という声が聞こえてきた。

「どうしたんですか?」

振り向くと、獅子堂が大きなクリスマスツリーの前で困ったような顔をしてこちらを見ていた。

なんだろうか。晴輝は立ち上がり、三人で飾り付けたツリーの傍に寄った。

獅子堂が指をさしてみせる。

そこにはオーナメントに交じって、ツリーの枝に長細い紙がくくりつけてあった。

舞那斗の拙い字でこう書いてある。

〈おとうとができますように。いもうとでもいいです。サンタさんおねがいします！〉

「七夕と勘違いしてるな」

獅子堂が苦笑する。

「でも鋭いですね。予言しているみたいで、ちょっとドキッとしましたよ」

晴輝は短冊よろしく長方形に切った折り紙をまじまじと見つめた。獅子堂がこちらを見て言った。

「どうだった？　病院に行ってきたんだろ」

「はい、順調だそうです。まだ男の子か女の子かはわからないですけどね」

晴輝はそっと自分の腹部に手を当てた。

妊娠二ヶ月目。

予定では先月にあるはずのヒートが一向に訪れず、体調もどことなく優れない日が続いていた。一時、通常の周期とは関係なく突発的なヒートがあったため、それが何か影響しているのかもしれない。この頃はいろいろあって、精神的にも不安定だったから、疲れが一気にきたのかもしれなかった。気をつけつつも、そうあまり深刻に捉えてはいなかった。

ところが、ある日の食事中に、突然気分が悪くなって倒れたのである。

獅子堂に付き添ってもらって病院を受診し、そこで担当医師に告げられたのだ。

——おめでとうございます、妊娠されてますよ。

俄には信じられなかった。獅子堂と顔を見合わせて声が出ないほど驚いた。

まさか、自分のおなかに赤ちゃんが宿るとは。

少し前までの晴輝は自分が妊娠することはありえないと思っていた。恋愛する必要はないと考え、味気ない人生を送っていた。だが、獅子堂と出会い、心から愛し合う喜びを知って、いつかは獅子堂との子を授かれたらいいなと密かに幸せな未来を思い描いていたのは否定しない。

とはいえ、こんなに急に訪れるとは予想外で、晴輝は茫然としてしまった。

そんな晴輝とは反対に、獅子堂は人目も憚らず目を潤ませて感極まっていた。

——晴輝、ありがとう。みんなで幸せになろうな。

晴輝は腹をさすりながら、ふふっと思い出し笑いをする。

舞那斗が床に蹴落としたブランケットを拾い上げた獅子堂が、かけてやりながら怪訝そうに
「なんだ?」と首を傾げた。

「いえ、舞那斗くんの願いを叶えてあげられそうだなと思って」

晴輝もツリーを離れてソファに歩み寄る。ラグの上に座る獅子堂の隣に腰を下ろした。

「そうだな。さすがに今年のクリスマスは間に合わないが」

獅子堂が唸って「クリスマスプレゼントをどうするかな」と悩んでいる。

晴輝は気持ちよさそうに眠る舞那斗の頭を撫でて言った。

「来年のクリスマスは四人ですね」

獅子堂が腕組みを解いて微笑んだ。

「ああ、そうだな。今よりもっと賑やかになる。楽しみだ」

目が合うと、チュッと唇を掠め取られた。

間近で視線を絡ませて、声をひそめて笑い合う。

ふいに舞那斗がうう－んと身じろいだ。慌てて見ると、舞那斗が眠ったままむにゃむにゃと口を動かす。

「おとうしゃん……はるきしゃん……だーいしゅき……」

かわいい寝言に、思わず晴輝と獅子堂は顔を見合わせて小さく噴いた。

「俺も舞那斗くんが大好きだよ」

「お父さんも大好きだぞ。——もちろん、晴輝のこともな」

最後は耳もとで甘く囁かれて、晴輝は頬を熱くしながら「俺もです」と返す。

言葉もなく、ふっと唐突に空気が濃密になる瞬間があった。

獅子堂の顔がゆっくりと近づいてくる。

窓の外はすでに紺色に染まっていて、ちらちらと白いものが舞い散り始めている。

天気予報ではちょうどクリスマスあたりに雪マークがついていた。今年はホワイトクリスマスになるかもしれない。

舞那斗のクリスマスプレゼントは何がいいだろう。獅子堂にも何か贈りたいな。三人で一緒に、楽しいクリスマスを。そして、来年はきっと四人で――。

そんなことを考えながら、晴輝は目を閉じて、幸福に身を委ねた。

おわり

あとがき

プリズム文庫さんではお久しぶりでございます。このたびは榛名 悠著『最強アルファは家政夫の歌に酔いしれる』をお手に取ってくださり、どうもありがとうございました。

とても素敵なイラストで飾ってくださった小禄先生。かっこいい獅子堂と美しい晴輝、そしてキュートな舞那斗＋海洋生物。どれも見惚れてしまいました。お忙しい中、美麗イラストの数々をどうもありがとうございました。

大変お手数をおかけしました担当様。いろいろとご配慮いただき、本当に感謝しております。どうもありがとうございました。今後ともよろしくお願い申し上げます。

最後に読者様。ここまでお付き合いくださって、ありがとうございました。

初めてのジャンルについに手を出してしまい、ドキドキしておりますが、少しでも楽しい読書時間を過ごしていただけたら幸せです。

それでは、またどこかでお会いできますように。

榛名　悠

プリズム文庫をお買い上げいただきまして
ありがとうございました。
この本を読んでのご意見・ご感想を
お待ちしております!

【ファンレターのあて先】

〒153-0051 東京都目黒区上目黒1-18-6 NMビル
(株)オークラ出版 プリズム文庫編集部
『榛名 悠先生』『小禄先生』係

最強アルファは家政夫の歌に酔いしれる

2022年12月01日 初版発行

著　者　榛名悠

発行人　長嶋うつぎ
発　行　株式会社オークラ出版
〒153-0051 東京都目黒区上目黒1-18-6 NMビル
営　業　TEL:03-3792-2411 FAX:03-3793-7048
編　集　TEL:03-3793-6756 FAX:03-5722-7626
郵便振替　00170-7-581612(加入者名:オークランド)
印　刷　中央精版印刷株式会社

Printed in JAPAN　　ISBN978-4-7755-2999-7